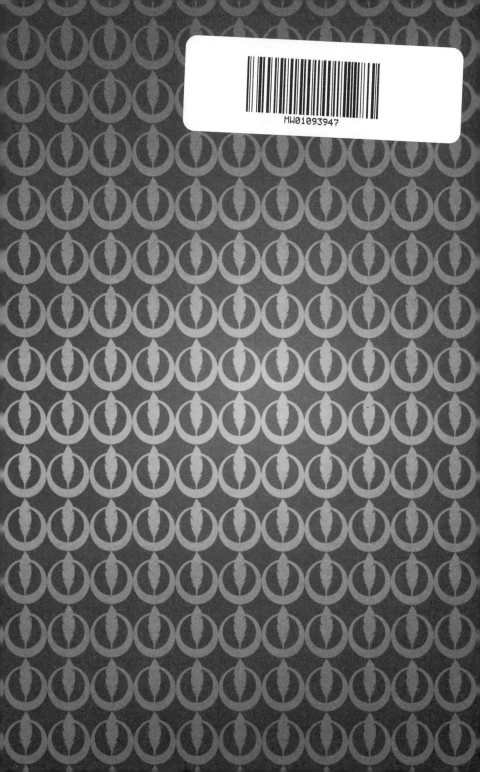

BÁRBARA MONTES

JUAN GÓMEZ-JURADO

AMANDA BLACK

EL TAÑIDO SEPULCRAL

Ilustraciones de **David G. Forés**

B DE BLOK

Papel certificado por el Forest Stewardship Council®

Primera edición: junio de 2022
Primera reimpresión: junio de 2022

© 2022, Bárbara Montes y Juan Gómez-Jurado
© 2022, Penguin Random House Grupo Editorial, S. A. U.
Travessera de Gràcia, 47-49. 08021 Barcelona
© 2022, David G. Forés, por las ilustraciones
Diseño de cubierta: Penguin Random House Grupo Editorial / Paola Timonet

Printed in Spain – Impreso en España

ISBN: 978-84-18688-28-7
Depósito legal: B-7.556-2022

Compuesto en Compaginem Llibres, S. L.
Impreso en Gómez Aparicio, S. A.
Casarrubuelos (Madrid)

BL 8 8 2 8 7

Bárbara Montes quiere dedicar este libro

a Juan

Juan Gómez-Jurado quiere dedicar este libro

a sus hijos, Marco y Javi

Personajes

Amanda Black: vive con su tía Paula desde que sus padres desaparecieron al poco tiempo de nacer ella. Ahora, con trece años, ha descubierto la verdad sobre sus orígenes: es la heredera de un antiguo culto dedicado a la diosa egipcia Maat, cuya misión es encontrar y robar objetos mágicos (y no tan mágicos) que, en malas manos, podrían ser peligrosos para la supervivencia de la humanidad. Además, tiene que lidiar con los típicos problemas de una adolescente, que no son pocos, y entrenar a diario para que los poderes que empezaron a manifestarse el día que cumplió trece años puedan desarrollarse hasta su máximo potencial.

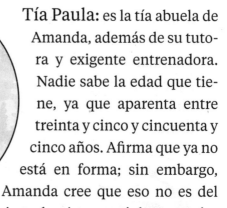

Tía Paula: es la tía abuela de Amanda, además de su tutora y exigente entrenadora. Nadie sabe la edad que tiene, ya que aparenta entre treinta y cinco y cincuenta y cinco años. Afirma que ya no está en forma; sin embargo, Amanda cree que eso no es del todo cierto: ha visto a su tía hacer auténticas proezas durante los entrenamientos a los que la somete a diario.

Paula haría cualquier cosa por Amanda, y lo que más le preocupa es mantener a la joven a salvo de todos los peligros que suponen la herencia que ha recibido al cumplir trece años.

Eric: es el mejor amigo de Amanda, no sólo van juntos al mismo instituto, además, Eric la acompaña allá donde la lleven sus misiones. Es un auténtico genio de los ordenadores y puede piratear cualquier red. Antes de conocer a Amanda era un chico solitario con el que todos se metían, ahora ha ganado confianza y nada se interpone en su camino... Algo normal cuando te enfrentas continuamente a peligros que podrían costarte la vida. Lo que más quiere en el mundo es a su madre y después a Amanda (aunque le gusta mucho Esme, la amiga de ambos).

Benson: es el misterioso mayordomo de la familia Black. Parece adivinar los deseos y necesidades de Amanda antes de que ésta abra la boca. Aparece y desaparece sin que se den cuenta y parece llevar en la Mansión Black más tiempo del que sería natural: Amanda descubrió una fotografía muy antigua en la que aparecía Benson y... ¡Estaba igual que ahora!

Se encarga de todo el equipo necesario para las misiones de Amanda y Eric y es el inventor de los artilugios más sofisticados. También sabe pilotar los automóviles, aviones y helicópteros que se guardan en el taller de la Mansión Black y está enseñando a Amanda y a Eric a manejarlos. Para Amanda y la tía Paula, Benson es un miembro más de la familia, y así se lo han hecho saber en numerosas ocasiones.

Esme: compañera de Eric y Amanda en el instituto. Conoce la herencia de Amanda y siempre está dispuesta a echarle una mano cuando su amiga lo necesita. Le encantaría acompañarla en sus misiones y cuenta con que algún día se lo pida. Mientras tanto, se alegra de tener a Eric y a Amanda como amigos y de que le cuenten sus últimas aventuras (a ella también le gusta un poco Eric).

Lord Thomas Thomsing: lord inglés perteneciente a una familia que, en la antigüedad, fue una poderosa aliada de los Black. Tras la utilización por parte de uno de sus antepasados de un amuleto mágico (con consecuencias desastrosas), la familia del lord fue expulsada del culto a la diosa Maat. Ahora, tras demostrar lord Thomas su fidelidad y su valor, los Thomsing han recuperado su lugar junto a la familia de Amanda, de lo cual, la tía Paula se alegra mucho (muchísimo).

Nora: delegada de la gente de los subterráneos, un grupo clandestino que lleva siglos habitando en subterráneos secretos bajo la ciudad en la que viven los Black. Tras intentar establecer redes de comercio con la gente de arriba (los que viven en la ciudad) y fracasar, tuvieron que dedicarse a robar, si bien eligen siempre a sus víctimas entre los poderosos. La gente de los subterráneos cuenta con numerosos agentes distribuidos por todo el mundo. La tía Paula está tratando de ganarse a Nora como aliada para la causa de los Black.

Lugares

Mansión Black: el hogar de los Black desde hace cientos de años. Amanda recibió la mansión y todo su contenido como herencia al cumplir trece años. Si bien su exterior está bien conservado, el interior es otra cosa. Han podido habilitar algunas de las habitaciones para su uso diario, pero la gran mayoría todavía está en un estado cochambroso y casi ruinoso. Poco a poco, la tía Paula, Benson y Amanda van trabajando para devolverle todo su esplendor. Lo malo es que, a pesar de tener la fortuna que heredó la joven, no pueden usarla para hacer obras porque temen que alguien pueda descubrir los secretos que se guardan en su interior. La Mansión Black tiene pasadizos ocultos, habitaciones que aparecen y desaparecen y muchas cosas que Amanda todavía no ha descubierto.

El taller: así es como llaman al sótano de la Mansión Black y es donde se preparan todas las misiones de Amanda y de Eric. Dentro del taller se esconde la Galería de los Secretos, en la que se conservan los objetos robados en cada misión (de la cual mientras sigan siendo peligrosos no volverán a salir). Además, cuenta con los ordenadores más potentes; un hangar, en el que se guardan las aeronaves (algunas supersónicas) que necesitan para desplazarse por todo el mundo en tiempo récord; un enorme vestidor con todos los trajes necesarios, desde ropa de escalada a vestidos de fiesta; una biblioteca; una zona de estudio, y parte del circuito de entrenamiento que Amanda tiene que hacer a diario (la otra parte está en los jardines de la Mansión Black, si bien, en la actualidad, es bastante generoso llamarlos «jardines»).

EL DÍA QUE CUMPLÍ TRECE AÑOS RECIBÍ UNA CARTA MISTERIOSA.

ASÍ SUPE QUE SOY LA HEREDERA DE UN CULTO DEDICADO A LA DIOSA MAAT QUE SE REMONTA AL ANTIGUO EGIPTO.

¿QUÉ SIGNIFICA ESTO? QUE DEBO SACAR DE LA CIRCULACIÓN OBJETOS QUE SEAN PELIGROSOS PARA LA HUMANIDAD.

Y POR «SACAR DE LA CIRCULACIÓN» ME REFIERO A ROBAR.

MI HERENCIA CONLLEVA ALGUNOS DONES, COMO UNA FUERZA Y UNA VELOCIDAD EXTRAORDINARIAS (SIN SER YO UNA SUPERHEROÍNA NI NADA DE ESO).

POR CIERTO, MIS PADRES DESAPARECIERON POCO DESPUÉS DE QUE NACIERA Y ME HE CRIADO CON MI TÍA ABUELA PAULA.

LA TÍA PAULA ME ENTRENA PARA DESARROLLAR AL MÁXIMO MIS HABILIDADES Y PODER LLEVAR A CABO TODAS LAS MISIONES CON ÉXITO.

TAMBIÉN CUENTO CON LA AYUDA DE BENSON, NUESTRO PECULIAR MAYORDOMO, Y LA DE ERIC, MI MEJOR AMIGO, UN GENIO DE LOS ORDENADORES Y DE LA TECNOLOGÍA EN GENERAL.

ME LLAMO

AMANDA BLACK

Y ÉSTA ES MI HISTORIA.

EN MI ANTERIOR AVENTURA, TRAS INTENTAR ROBAR UNA DAGA EN EL MUSEO ARQUEOLÓGICO DE LA CIUDAD, NOS DIMOS CUENTA DE QUE MI MADRE ESTABA VIVA... Y HABÍA ROBADO LA DAGA.

ERIC Y YO VIAJAMOS A KATMANDÚ SIGUIENDO LA PISTA DE LA DAGA.

LO QUE NO SABÍAMOS ERA QUE MI MADRE E IRMA DAGON ESTABAN ALLÍ.

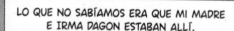

ACABAMOS EN UN MONASTERIO EN LA CORDILLERA DEL HIMALAYA, DONDE CONOCÍ A LA GRAN BIBLIOTECA, UN MONJE MUY SABIO QUE ME HABLÓ DE LA CAMPANA DE JADE.

LA CAMPANA DE JADE TENÍA UN TERRIBLE PODER: SI LA TOCABAN CON LA DAGA ERA CAPAZ DE ALZAR A LOS MUERTOS... Y MI MADRE E IRMA DAGON LA ESTABAN BUSCANDO.

SÓLO YO PODÍA EVITAR QUE SONASE SU TAÑIDO.

MI MADRE INTENTÓ MATARME Y PROVOCÓ UNA AVALANCHA EN LA MONTAÑA PARA HACERSE ELLA CON LA CAMPANA. IRMA DAGON ME SALVÓ LA VIDA.

CONOCÍ A LOS YETIS, QUE ME AYUDARON EN MI AVENTURA Y A REGRESAR A TIEMPO A KATMANDÚ, DONDE SE ESCONDÍA LA CAMPANA.

AÚN CON SU AYUDA, ALGUIEN SE HIZO CON LA CAMPANA DE JADE ANTES QUE YO... NO SÉ SI FUE MI MADRE O IRMA DAGON.

AHORA TENGO QUE EVITAR QUE QUIEN SEA QUE LA TENGA EN SU PODER LA HAGA SONAR.

Prólogo

El mundo se ha acabado.

Estoy rodeada, asustada y sola... Bueno, estoy con Sara, que es peor que estar sola.

He perdido a Esme, a Eric, a mi tía, a lord Thomsing... Los he perdido a todos. Soy una fracasada.

No pude parar a Cassandra, mi madre, y éste es el precio que tengo que pagar.

La culpable ha sido mi madre.

No... Eso no es cierto. Es mi culpa. Todo esto está sucediendo por no haber hecho bien mi trabajo.

¡Sólo tenía una cosa que hacer...! Y la hice mal.

Poner un pie en la calle es una condena a muerte. Si salimos existe una alta probabilidad de que nos atrapen, pero no me quedan opciones... No es que con todo este lío haya tenido muchas, la verdad. Sin embargo, ahora mismo, sólo hay una cosa que puedo hacer si quiero recuperarlos a todos, y voy a hacerla, aunque me cueste la vida.

Lo malo —por si no hubiese tenido ya suficiente— es que Sara quiere venir conmigo y, a pesar de que he intentado impedírselo, esta chica es más cabezota que yo... Y eso ya es mucho. Dice que cómo voy a hacerlo sola, que seguro que me pierdo, que no se fía... Que quiere ir a su casa a ver si sus padres están bien. En fin, Sara siendo Sara. Y aun con eso, quiero mantenerla viva a cualquier precio.

No queda nadie más.

A ver cómo me las ingenio para conseguir mi objetivo y que Sara no descubra mis poderes.

La situación es la siguiente: la ciudad ha sido rodeada por el ejército, por los soldados que quedan vivos, me refiero, y no dejan que entre ni salga nadie. En las noticias y en la radio hablan de un virus, pero yo sé que no ha sido un virus. Ha sido la Campana de Jade.

Ha sido su tañido.

Empiezan a llegar informes de ciudades cercanas en las que está sucediendo lo mismo.

He de encontrar el origen, es la única pista que tengo para dar con la campana y tal vez, sólo tal vez, conseguir parar toda esta pesadilla.

Soy la elegida... O eso dijo la Gran Biblioteca.

Soy la única que puede destruirla.

Aunque no sé cómo hacerlo.

1

—¿**L**a tienes tú? —pregunté nada más entrar por la puerta de su despacho.

—No —contestó Irma Dagon.

—¿Por qué he de creerte?

—No tienes que creerme. Sólo tienes que recuperarla.

Eso sí que no me lo esperaba.

Desconfiaba de cualquier cosa que pudiese decirme esa mujer, pero en el fondo sabía que no la había robado ella. Llámalo intuición, sexto sentido o lo que sea. Sabía que no había sido Irma Dagon.

Aun así, tenía que asegurarme.

—¿Para que tú puedas robármela a mí? ¿Soy una presa más fácil que mi madre?

La mujer se levantó de la butaca tras la mesa de su despacho y se acercó a mí con esa economía de movimientos que la caracterizaba.

—No, Amanda, para que la destruyas.

—¿Y tus padres? —dije—. Mi tía Paula me contó lo que les había sucedido... ¿No quieres traerlos de vuelta?

Irma dudó unos instantes antes de contestar.

—No —confesó por fin—. Ya no... No te voy a mentir, antes sí que quería... Fui a Nepal sólo para hacerme con la campana y poder devolverles la vida. Echo de menos a mis padres a diario. Daría todo lo que tengo por un día más con ellos, sólo un día más... Pero cuando estuve frente a ese maldito objeto... No sé cómo explicarlo... Sentí algo..., sentí su poder... y era maligno. —Hizo una pausa, sus manos temblaban. Se acercó a un mueble, se sirvió un líquido ambarino en un vaso bajo y se lo bebió de un trago—. Tu madre intentó matarte para conseguirla... No. No quiero ser esa persona.

—¿Qué persona? ¿Una que quiere utilizar para sus propios fines objetos que podrían destruir a la humanidad? —intenté provocarla, pero no mordió el anzuelo.

—No eres más que una niña. Una Black, sí, pero una niña. Mis padres murieron hace ya mucho tiempo. Se han ido para siempre y así debe ser. Los vivos tenemos que seguir viviendo.

—¿Sabes dónde está? —No especifiqué si me refería a la campana o a mi madre, pero Irma lo entendió. Daba igual. Si daba con una, daría con la otra.

La mujer negó con la cabeza.

Asentí y me di la vuelta para marcharme. No había mucho más que decir.

La creía.

—Amanda, espera —me volví para mirarla—. Si necesitas ayuda con esto, ya sabes dónde encontrarme. Destruir esa campana es más importante que nuestras diferencias.

Por supuesto, Irma tenía razón; no obstante, yo prefería hacerlo por mi cuenta. No podía olvidar que, si bien en este caso nuestro objetivo podía ser el mismo, en la mayor parte de las ocasiones aquella mujer y yo teníamos intereses muy distintos. De hecho, solían ser intereses opuestos. Todo lo opuestos que nadie pudiera imaginar, como el blanco y el negro, la tierra y el mar, o los macarrones y el brócoli.

2

Me sentía fatal desde que había regresado de Nepal. Había fracasado en el intento de frenar a mi madre. Dudaba de si estaba lo suficientemente capacitada para hacer el trabajo que debía hacer. Ya sabéis, lo de ser la heredera de un culto secreto a la diosa Maat cuya misión es sacar de la circulación objetos potencialmente peligrosos para la humanidad y todo eso. No obstante, en este caso, daba igual que estuviese capacitada o no, tenía que encontrar esa campana y destruirla.

¿Que por qué era tan importante destruir la Campana de Jade? En resumen, porque era capaz de levantar a los muertos. En concreto, a uno: mi padre. O eso era lo que creía mi tía Paula. Ella pensaba que mi padre había muerto y que mi madre estaba intentando traerlo de vuelta.

A mí, en principio, tampoco me parecía mal del todo que mi padre resucitase de entre los muertos.

En principio.

Me equivocaba.

Y mucho.

Durante mi viaje a Nepal, la Gran Biblioteca había insistido en que no debía permitir que mi madre utilizase la Campana de Jade. La Gran Biblioteca había resultado ser un monje tirando a MUY anciano, MUY delgado y MUY ciego.

También muy sabio.

En su cabeza guardaba conocimientos milenarios que ya nadie más poseía. Se habían ido perdiendo con el transcurrir de los siglos.

Y parte de esos conocimientos los había compartido conmigo. Al menos los que se referían a la Campana de Jade. Había insistido mucho en que no debía tañerse porque lo de que los muertos resucitasen podría significar el fin del mundo.

En fin, un jaleo.

De entre las pocas cosas buenas que habían sucedido en Nepal, pude conocer a los yetis, una especie genial. Enormes, con pelajes de colores increíbles y con un idioma maravilloso. Yo no hablaba yeti, pero los había escuchado hablar entre ellos en su idioma y no creía que pudiese olvidarlo nunca. Sonaba como si la naturaleza cantase.

Los yetis se estaban extinguiendo, quedaban ya muy pocos, apenas una pequeña tribu de doce adultos y tres niños. Benson había creado un sistema que ayudaría a mantenerlos escondidos y a salvo, y les habíamos proporcionado un equipo con el que podrían comunicarse con nosotros en caso de tener algún problema.

El caso es que ahí estaba yo, a las puertas del edificio Dagon, donde Irma Dagon tiene su despacho, sin ninguna pista que seguir para dar con la maldita campana... Ni con mi madre.

Y no sólo eso: tras el fracaso de mi última aventura, la tía Paula estaba más protectora que nunca. Desde que regresamos de Nepal, no nos había encargado ninguna misión. Tenía miedo.

Temía que esto fuese demasiado para mí, que lo era.

Temía que yo estuviese evitando mis emociones, que lo estaba.

Temía lo que podría suceder si yo fallaba una vez más... Y..., vale, eso también me daba miedo a mí.

Si la tía Paula me hubiese encargado otra misión y yo la hubiese cagado, creo que no podría haberlo superado.

En ese momento me sentía una farsante. Se supone que soy una ladrona. Robo objetos peligrosos para que nadie pueda utilizarlos. En teoría, soy la mejor ladrona de mi generación... Pero ¡si hasta tengo poderes!... Y, sin embargo, no pude conseguir la campana antes que mi madre. Me la quitó delante de las narices y, por ello, me sentía muy frustrada y enfadada... Pero claro, no le había dicho nada de todo esto a mi tía porque... Bueno, porque... me avergonzaba de mi fracaso.

Y eso sin hablar de que mi madre hubiese intentado matarme en la montaña... Sobre ello prefería no pensar mucho, porque dolía demasiado.

Sigue doliendo.

He pasado cada uno de los trece años de mi vida echándola de menos, deseando haberla conocido, queriéndola sin haberla visto jamás... Y, cuando por fin estuve cerca de ella, lo único que quiso hacer fue matarme.

¡Me tuvo que salvar Irma Dagon!

Así que, además de frustrada y enfadada, también estaba triste. Desde que había regresado de Nepal, me pasaba las noches en mi habitación llorando porque, como digo, dolía —y duele— demasiado.

Eric y Esme sabían por lo que estaba pasando e intentaban consolarme. Por las tardes, estudiábamos juntos antes de mi entrenamiento —no vayáis a pensar que mi tía había dejado de entrenarme, que no—, y los fines de semana íbamos al cine o a merendar... Yo intentaba dejarles tiempo para que pudiesen salir juntos, sin mí, y, de vez en cuando, lo conseguía.

Ellos sabían todo lo que se me pasaba por la cabeza, más que nada porque yo se lo había contado. Necesitaba desahogarme. No quería hablar con mi tía porque demasiado preocupada estaba ya. Me habría dejado sin misiones hasta que cumpliese los cuarenta y cinco años y eso sí que no hubiese podido soportarlo.

Por fin tenía lo que tanto había deseado: la vida de una estudiante normal y corriente. Nada de misiones, nada de robos, nada de aventuras, nada de peligros... Nada de nada.

Excepto la odiosa normalidad.

3

Los días transcurrían uno tras otro, tras otro, tras otro... Vamos, como transcurren los días... Primero el lunes, luego el martes, el miércoles... Así hasta el domingo y, después, vuelta a empezar. Y nada sucedía. Yo iba a clase, entrenaba, estudiaba, salía de vez en cuando con Esme y con Eric, veía alguna serie en casa, en alguna plataforma; de hecho, veía muchas series y películas. También iba al cine de vez en cuando. Me gustaba eso de que me contasen una historia en imágenes. Estar sentada en la oscuridad y olvidarme del mundo exterior...

No obstante, eso de no tener misiones los fines de semana me estaba dejando más tiempo libre del que me apetecía tener y tenía que llenarlo de alguna manera. Incluso jugué un videojuego. Nunca había jugado uno y me pareció fascinante. Aquel personaje guiado por mí hacía lo mismo que hacía yo en la vida real, con la importante diferencia de que, en el juego, podría equivocarme y el resultado para mí no sería una muerte lenta y dolorosa. O dolorosa a secas.

Aquel sábado me levanté, me duché, me vestí, desayuné y me puse a jugar. Aquello estaba empezando a ser mi rutina del fin de semana. Además, la tía Paula me había dado permiso para que me tomase el día libre. Sin obligaciones de ningún tipo: nada de entrenamientos, nada de estudiar, nada de nada de nada. Esa tarde, Esme, Eric y yo íbamos a ir al cine y, hasta entonces, yo tenía todo el tiempo del mundo para mí y pensaba gastarlo delante de una pantalla, viviendo las aventuras que se me negaban en la vida real... O eso creía yo.

—Cariño, voy al cementerio. —Mi tía se asomó por la puerta de la sala en la que yo me encontraba—. He pensado que, a lo mejor, querrías venir.

—¿A qué vas allí? —pregunté sin separar los ojos del televisor.

—Ha llamado el guardián. Por lo visto ha habido algunos actos vandálicos allí y me han pedido que revise el Panteón Black.

Espera, espera, ¿los Black teníamos un panteón? ¿Y yo no lo había visto nunca? ¡Por supuesto que quería ir!

Guardé la partida, apagué la tele y me puse en pie de un salto.

—¡Estoy lista! —exclamé acercándome a mi tía—. ¡En marcha!

—Amanda, esto no es una misión, cielo —me avisó la tía Paula—. Es una tarea rutinaria...

—Y, aun así, ya es mejor que no tener nada que hacer —desestimé su comentario caminando hacia la salida—. Y es historia de la familia.

Nos llevó un rato llegar al cementerio de la ciudad. Cuando lo vi aparecer, tras una colina, me quedé impresionada. Nunca había estado en uno, si no contamos el de la Mansión Mulligan, donde habíamos tenido que ayudar a una fantasma amiga de mi antepasada Elsa Black. Aquél era mucho más grande que el de los Mulligan.

Hasta donde alcanzaba mi mirada, todo estaba cubierto de losas. En su gran mayoría eran grises, pero había algunas de un blanco que reflejaba la luz del escaso sol de aquel día obligándonos a entrecerrar los ojos, y otras eran de un negro brillante.

Había tumbas modestas, una sencilla piedra en la que podía leerse el nombre del difunto y un par de fechas separadas por un guion. Había panteones lujosos, recubiertos de mármol tallado. Había nichos que semejaban una tétrica colmena. Había lápidas presididas por estatuas, casi siempre bastante lúgubres, aunque vi una de un perrito que parecía guardar el lugar de descanso del que había sido su amo en vida; era triste y bonita a la vez.

Y también había flores, muchas flores, de todos los colores y formas. Su aroma, empalagoso y dulzón, llegaba a ser mareante. En una semana se celebraría lo que para algunos era Halloween y para otros era la Noche de Difuntos, por lo que muchos iban al cementerio a recordar a los que ya no estaban en el mundo de los vivos y, por lo visto, los recordaban con flores.

El guardián del cementerio, un hombre anciano, con el rostro curtido por el sol y de cuerpo enjuto, se acercó a saludar a mi tía cuando la vio.

—Buenos días, señora Black —comenzó—. La he llamado porque algunos vándalos se han dedicado a hacer de las suyas en el cementerio. Casi todos los años, según se acerca Halloween, tenemos chiquillos correteando por aquí... Este año han ido un poco más lejos.

—Vaya, espero que no haya sido mucho... —comentó la tía Paula.

—Parece que anoche se colaron en un mausoleo

e hicieron una fiesta. También he encontrado algunas lápidas tumbadas, sobre todo en la zona más vieja del camposanto..., pero poco más. Aun así, he creído conveniente llamar a los propietarios de los mausoleos para que revisen los suyos, no sea que se me haya pasado algo.

Tras una breve charla con el guardián, nos despedimos de él y nos dirigimos dando un paseo hasta el lugar de descanso de los Black.

Caminamos entre las lápidas. Yo miraba a mi alrededor sobrecogida por el silencio que reinaba en el lugar. El terreno estaba salpicado de lápidas. La mayor parte eran de mármol, algunas tenían estatuas, pero la mayoría tenían una frase de recuerdo hacia la persona que allí descansaba. En otras, tan sólo podía leerse un nombre y las fechas de nacimiento y muerte en la piedra tallada. Se respiraba un ambiente de paz, orden y tranquilidad. Algunos mausoleos destacaban en aquella ciudad de losas planas y cruces de piedra. Cada vez que pasábamos por delante de uno de ellos me detenía, pensando que ése sería el de los Black... Y todas esas veces me equivoqué.

Subimos por una colina. El camino se alejaba del centro del cementerio hacia la zona más antigua. Había mucha más vegetación: árboles cuyas hojas se habían tornado rojas por el otoño, arbustos algo descuidados, flores silvestres... Incluso, entre las piedras que formaban el camino, crecía la hierba, liberándose del yugo de la creación humana. El orden de las tumbas era también más incierto, más caótico, dándole a aquella zona del cementerio un aspecto tenebroso y oscuro.

Por fin, alcanzamos la cima de la última colina y pude ver el mausoleo de los Black: un pequeño edificio, muy sencillo, casi como una cabaña construida en piedra negra, con un tejado de pizarra, también negra. Los muros estaban recubiertos de musgo y algunas de las piedras estaban recorridas por grietas estrechas y retorcidas en las que, con toda seguridad, vivían familias enteras de arañas. Me estremecí al imaginarlo. Yo odio las arañas.

La puerta, de dos metros y medio de altura, también era negra. En su madera, ajada por el paso del tiempo, había talladas escenas del Antiguo Egipto, como jeroglíficos, que no supe descifrar cuando me acerqué a observarlas con más detenimiento. Acaricié aquellas figuras deseando que mi tía me hubiese enseñado cómo leerlas.

—Esas tallas cuentan la historia de los Black —me explicó—. Algún día te enseñaré a descifrar jeroglíficos.

—Eso me encantaría —dije dándome la vuelta y sonriendo.

La tía Paula me devolvió la sonrisa y asintió.

—¿Estás preparada para conocer a tu familia? —preguntó.

—Creo que sí —contesté en apenas un susurro. La solemnidad del momento era escalofriante—. ¿Están todos ahí?

—Todos menos...

No hizo falta que terminase la frase, ya sabía a quiénes se refería: mi madre y mi padre.

Los habían dado por muertos en el Himalaya y nunca se habían recuperado sus cuerpos. Ahora sabíamos que mi madre, Cassandra, continuaba viva.

Mi tía extrajo de su bolso una enorme llave de hierro. Por supuesto, era negra. Su cabeza tenía la forma de una pluma, al igual que la llave que abría la Galería de los Secretos, el lugar en el que los Black conservábamos los objetos que sacábamos de la circulación para que nadie pudiese utilizarlos. Nada de lo que entraba en la galería volvía a salir... Bueno, casi nada.

La tía Paula introdujo la llave en la cerradura y la giró.

Bueno, lo intentó, porque girar, no giraba.

Sacó la llave y la miró con extrañeza.

—Lo mismo hay que engrasar la cerradura —dijo con una risilla nerviosa.

Volvió a meterla en la cerradura y forcejeó para que girase; no obstante, aquello continuaba sin rotar ni hacia la izquierda ni hacia la derecha.

La tía Paula apoyó un hombro en la puerta para intentar hacer más fuerza.

La enorme puerta negra se abrió sola a la vez que un siniestro crujido de bisagras inundaba el silencio del cementerio.

4

—¿Esto tenía que estar abierto? —pregunté, más por romper el silencio que empezaba a ponerme nerviosa que porque tuviese dudas.

Llevábamos un par de minutos paralizadas frente a la boca negra que era la puerta del mausoleo, plantadas allí como dos lindas flores, sin terminar de atrevernos a dar el paso que nos llevaría al interior de la oscuridad.

—No —dijo la tía Paula en un susurro, como si no quisiera despertar a los habitantes de la cripta.

No olvidemos que aquel lugar estaba repleto de cadáveres. Black, sí, pero cadáveres al fin y al cabo, y nos daba cierto respeto.

Dicen que la Noche de Difuntos es el momento del año en el que la cortina que separa el mundo de los vivos y el de los muertos es más delgada, casi transparente. Dicen que esa noche se puede abrir la puerta que hay entre esos dos mundos... y a mí me parecía que aquello se podía extender a todo el mes, que no hacía falta que fuese sólo una noche. Y, por lo que fuese, estábamos en un cementerio, que a mí siempre me ha parecido el lugar más parecido al reino de los muertos que hay en el planeta Tierra.

Vamos, resumiendo, que estaba muerta de miedo.

—¿Y pensamos entrar en algún momento, tía?

Mi tía pareció salir del trance que se había apoderado de ella en el momento en que la puerta se había abierto sola, sin ninguna ayuda de nuestra parte. Sacudió la cabeza y me miró.

—Sí... Sí, claro —dijo—. Tú quédate detrás de mí. No sabemos si hay alguien dentro.

Dio un paso hacia el interior conmigo situada a su espalda, agarrada a su abrigo. Yo me asomaba por debajo de su brazo extendido. Dio otro paso y se detuvo.

—¿Por qué nos paramos?

—Porque no veo nada, Amanda. Espera un momento.

Rebuscó en el interior de su bolso y sacó su móvil, encendió la linterna y volvió a ponerse en marcha conmigo todavía pegada a ella. Seguimos la pared situada a la derecha de la puerta de entrada, extendí una mano para recorrer con mis dedos la piedra fría, me daba cierta sensación de seguridad saber que el muro continuaba estando allí, que no habíamos entrado sin querer en otra dimensión.

Poco después pude escuchar un «clic».

Se hizo la luz en el mausoleo. Una luz tenue, difusa y amarillenta, pero luz, al fin y al cabo.

—Vaya, casi preferiría haber continuado sin ver nada —comenté mirando a mi alrededor.

Nos encontrábamos en una sala redonda, con un pequeño ventanuco en la parte superior del muro, por el que apenas entraban los rayos del sol. La estancia era circular y bastante más grande de lo que me había parecido desde el exterior. Excavados en el muro, se encontraban varios nichos y, en cada uno de ellos, había un ataúd de piedra.

Las telarañas eran la única decoración existente en el lugar. Y donde hay telarañas, mi intuición me dice que hay arañas. Y yo odio las arañas... Creo que ya os lo había dicho.

Me estremecí.

—¿Estás bien? —preguntó mi tía.

—Esto es bastante tétrico... Da un poco de miedo. —Por supuesto, me hice la valiente, porque el mausoleo no daba un poco de miedo, daba MUCHO miedo.

En el muro de enfrente se abría un pasadizo. Mi tía se fue acercando a él, poco a poco, y por el camino miraba las tumbas a su paso y se detenía unos instantes frente a cada una de ellas.

—Aquí descansa tu bisabuela Elsa —comentó posando su mano sobre uno de los ataúdes de piedra.

Me acerqué con curiosidad. Hacía no mucho habíamos descubierto que Elsa había regalado a su mejor amiga un amuleto que se conservaba en la Galería de los Secretos y nos había costado bastante dar con él.

Sobre la gruesa losa gris reposaba la estatua de una figura femenina. Aparecía dormida, sujetando entre sus manos una flor y, en la parte inferior del ataúd, había una placa con el nombre «ELSA BLACK» y las fechas de nacimiento y fallecimiento. En ese momento, me di cuenta de que en todas las tumbas había una escultura que representaba algo.

—¿Qué significan estas estatuas? —pregunté señalando varias de ellas.

—Es una tradición. En todos los féretros se esculpe algo que le gustó mucho a ese Black en vida.

A Elsa le gustaban las flores... Y mira, ahí hay un gato, tu tatarabuelo los adoraba... Y en esa, una paleta de pintor, que era el hobby del padre de tu tatarabuelo...

Me pareció una tradición bonita, llevarte a la tumba algo que te hubiese gustado mucho mientras todavía podías disfrutar de la vida. Pensé en qué podría tallarse en mi tumba... Y no se me ocurrió nada. Tal vez este tiempo sin misiones me pudiese servir para averiguar qué me gustaba hacer en mi tiempo libre, si bien mi recién descubierta afición a los videojuegos no parecía digna de quedar inmortalizada en piedra.

—Aquí parece que todo está en orden —dijo mi tía acercándose al pasadizo—. Vamos, Amanda, continuemos.

Desapareció por la abertura y yo me apresuré a seguirla. Nada más entrar en el pasadizo, perdí pie y estuve a punto de caer al vacío. Sentí la presa fuerte de la tía Paula en mi brazo ayudándome a recuperar el equilibrio.

—Ten cuidado con las escaleras, cariño —comentó con ligereza, como si no hubiese estado a punto de matarme—. Espera un segundo, que enciendo la luz.

Esperé en la oscuridad, abriendo mucho los ojos, pero sin ser capaz de ver nada más que negrura. En los pocos segundos que tardó mi tía en encender la luz, a mí me dio tiempo a imaginar una araña gigante acechándonos, preparándose para atacarnos y arrastrarnos con ella hasta su madriguera, donde daría buena cuenta de nosotras.

De nuevo, un suave «clic» me salvó de mi propia imaginación.

Una escalera de piedra descendía formando círculos. Al lado derecho había un muro, también de piedra, y al izquierdo, la nada más absoluta. Una caída al vacío de más metros de los que fui capaz de ver desde donde me encontraba. En la pared había varias aberturas a distintas alturas, y la tía Paula ya había desaparecido por la primera de ellas.

Pegué la espalda a la roca y comencé a descender los peldaños, que estaban resbaladizos. Allí había bastante humedad. Las paredes rezumaban un líquido que deseé que fuese agua, y el musgo se había hecho dueño y señor del lugar. Aquel descenso era, por decirlo con suavidad, un suicidio.

Llegué a la oquedad y traspasé el umbral. Ante mí se abrió una nueva cripta, muy similar a la del piso de arriba, pero de tamaño mucho más impresionante. La tía Paula recorrió la estancia y en apenas unos segundos ya habíamos vuelto a salir a la escalera y continuábamos el descenso hasta la siguiente habitación. Visitamos unas cuantas antes de dar con algo fuera de su sitio.

Habíamos descendido ya varios pisos y, en la cripta en la que nos encontrábamos, al igual que en las anteriores, todo parecía tranquilo e intacto. Todos los ataúdes reposaban en sus nichos, con sus esculturas sobre ellos, guardando el sueño del Black allí enterrado.

Todos menos uno.

5

El sarcófago, de piedra como todos los demás, reposaba en el centro de la estancia. La tapa yacía junto a él, partida en dos piezas, como si alguien la hubiese retirado sin cuidado alguno.

La tía Paula se aproximó rodeando la piedra quebrada y observó el interior. Yo esperaba en la entrada, sin atreverme a entrar en la cripta.

—Nada —comentó—. Ya me lo imaginaba.

—¿Qué te imaginabas, tía?

—Pues eso, que no habría nada en el interior —dijo con un resoplido.

Me acerqué a ella, intentando mantener una distancia prudencial con el ataúd abierto.

—Pero ¿quién se supone que había aquí?

—¿Aquí? —preguntó con la mirada todavía fija en el hueco vacío—. Aquí no tendría por qué haber nada ni nadie. Este ataúd no estaba la última vez que vine... Hace ya muchos años.

Me fijé en la tapa, me agaché y, con mucho esfuerzo, conseguí darle la vuelta a uno de los pedazos para encontrarme con que se trataba de una piedra lisa, fría y gris. Nada más. Giré el otro fragmento.

De nuevo sólo piedra. Nada que identificase a la persona que había ocupado aquel ataúd.

—No hay escultura —comenté poniéndome en pie y sacudiéndome el polvo de las manos en el fondillo de los pantalones—. Ni placa con el nombre ni nada de nada.

—Lo imaginaba también.

—¿Me dices qué crees que ha pasado? —comenzaba a impacientarme. La tía Paula parecía saber algo que yo no sabía... O, por lo menos, se hacía una idea.

—Creo saber quién estaba aquí enterrado. Creo, también, que mi teoría era cierta. —Hizo una pausa y, por fin, me miró—. Creo que aquí estaba enterrado tu padre, Amanda. Cassandra debió de traerlo cuando murió... Supongo que quería que descansase con el resto de los Black.

Al regresar de Nepal, mi tía había sugerido que, tal vez, mi padre había fallecido, ya fuese durante el accidente de avión o más adelante, y ése era el motivo por el cual mi madre quería hacerse con la Campana de Jade, porque tenía el poder de traer de vuelta a quienes ya no estaban.

—Pero... —No sabía muy bien qué decir; sin embargo, sentía la necesidad de decir algo, de llenar el silencio de aquella tumba que había sido el lugar de descanso final de mi padre y que algún día sería la mía propia... A no ser que yo muriese en un templo perdido de algún país de nombre impronunciable o en una montaña y no quedase nadie para recuperar mi cadáver, que bien podría ocurrir.

—No hay explicación, pero es la más sencilla y, según mi experiencia, la más sencilla suele ser la correcta —continuó la tía Paula—. Tu madre necesitaba un lugar seguro mientras buscaba la campana y no hay lugar más seguro que éste... Si no contamos la Galería de los Secretos, claro. Por otro lado, tras su desaparición, busqué a tus padres por todas partes, pero nunca se me ocurrió buscarlos aquí.

—Entonces, ahora tiene la campana, la daga y a mi padre... Ya no hay nada que la detenga —dije sobrecogida por lo que aquello significaba—. Tenemos que encontrarla.

—No, cariño, ahora sólo podemos esperar. No sabemos dónde está. Podría estar en cualquier parte. No sabemos por dónde empezar a buscar... Ni siquiera sabemos cuándo se llevó el cuerpo de tu padre, podría haber sido ayer, el guardián ha dicho que hubo actos vandálicos. Tal vez no hubiese tales vándalos y fuese tu madre intentando disimular el robo del cadáver, o podría haber sido hace un año... Aquí no hay nada, ninguna pista. Tu madre siempre fue demasiado inteligente como para dejar pistas.

Entendía lo que mi tía decía, no obstante, algo en mi interior se rebelaba ante la idea de quedarme en casa como si no sucediese nada. ¡Tenía que haber algo que pudiésemos hacer!

—Sé lo que estás pensando —insistió—. No hay nada que podamos hacer. No hasta que ella dé el primer paso.

Vale, ahora la tía Paula podía leerme la mente.

—Y no, no puedo leerte la mente, es sólo que tu ceño fruncido y esos brazos cruzados sobre el pecho son suficientes para saber lo que estás pensando.

—No me gusta —suspiré—. Les prometí a los yetis y a la Gran Biblioteca que haría todo lo posible por recuperar la Campana de Jade.

—No tiene que gustarte. —Hizo una pausa y, tras unos segundos, se arrodilló a mi lado y me cogió las manos—. Mira, Amanda, estás perdiendo de vista algo muy importante... No creo que lo hayas pensado con detenimiento... Cassandra es tu madre. ¿De verdad quieres correr a enfrentarte a ella?

Tocada y hundida.

Como siempre, la tía Paula tenía razón.

No podíamos hacer nada más que esperar.

6

La espera se me estaba haciendo eterna, necesitaba una misión, algo que me mantuviese entretenida hasta que mi madre cometiese un error que nos llevase hasta ella. Durante ese tiempo había pensado mucho sobre lo que me había dicho mi tía frente a la tumba vacía de mi padre y, por fin, había llegado a la conclusión de que debía hacer lo correcto.

Y lo correcto era detenerla... O, por lo menos, intentarlo.

Era mi madre, sí. Tenía muchísimas ganas de verla y de hablar con ella, de abrazarla y compartir el resto de mi vida con ella. Quería recuperarla, quería recuperar esa pieza perdida de mi existencia; no obstante, debía impedir que hiciese lo que estaba convencida que se disponía a hacer.

¡Si hasta Irma Dagon se había echado para atrás al sentir el poder malevolente de la campana!

¿Por qué no se daba cuenta mi madre de ello?

Debía detenerla, debía impedir que la hiciese sonar.

—Tía, ¿durante cuánto tiempo más me vas a tener castigada? —pregunté. Habían pasado ya más de dos meses sin una nueva misión y casi una semana desde que habíamos visitado el mausoleo de los Black. Estaba desesperada—. Creo que ya va siendo hora de que nos des alguna misión.

La tía Paula posó su taza de café en la mesa de la cocina, donde estábamos desayunando y me miró.

—No estás castigada, cariño, es sólo que... No sé cómo explicarlo...

—Que estoy castigada —volví a atacar.

—¡No! ¡Estoy preocupada! —se defendió—. Y no sólo eso... Es algo más...—La tía Paula dudaba. Esperé con paciencia a que continuase—. Desde que visitamos el cementerio, tengo la sensación de que va a pasar algo terrible aquí mismo, en nuestra ciudad —dijo por fin—. No sé, tengo un presentimiento. No creo que sea buena idea que Eric y tú os marchéis ahora a ninguna misión...

—¿Sabes algo que no me estás contando? —Mi tía estaba muy nerviosa y eso hizo que se me activasen todas las alarmas Black— ¿Tienes alguna pista sobre mi madre?

—No, es una sensación... Me da un poco de vergüenza decirlo... Pero no creo que debáis iros en estos momentos.

—¿Entonces no es porque fallase en Nepal? ¿No es porque perdiese la campana?

—Cariño, de eso sólo me preocupa cómo te sientes tú, no que fallases. Habrá más fallos; siempre es así. ¿Crees que yo nunca me equivoqué en alguna de mis misiones? —Mi tía hizo una pausa y rio en voz baja recordando algo—. Claro que lo hice...Somos humanos. No, la que me preocupa eres tú. Estás muy triste y no sé cómo ayudarte. Creo que necesitas un tiempo para digerir todo lo sucedido... con tu madre... Y en el cementerio.

Preferí no contestar porque se me había hecho un nudo en la garganta. Mi tía, como siempre, tenía razón... Y, en cuanto a su presentimiento, no debía olvidar que ella también era una Black. No podía desestimarlo a la ligera.

Estiré el brazo sobre la mesa de la cocina y le apreté la mano. Mi tía me devolvió el apretón sumándole, además, una sonrisa.

—Sabes que estoy aquí para lo que necesites... No dejes que nada de esto te venza. Y ahora... —se levantó de la mesa y comenzó a recoger la mesa—

corre a vestirte o llegarás tarde al instituto. ¡Y no te olvides el traje para la obra de teatro! ¡Benson ha hecho un trabajo maravilloso!

La obra de teatro, cierto.

Permíteme que te lo explique: como no tenía nada mejor que hacer, me había apuntado al grupo de teatro del instituto. Esme estaba en él desde hacía siglos y me había animado a ir con ella.

Y eso hice: fui.

Y Eric también, por supuesto.

Íbamos a representar *El mago de Oz*. Yo me había leído el libro hacía un par de años y me había gustado muchísimo, así que deseaba con todas mis fuerzas interpretar a Dorothy, la protagonista.

JA.

La vida, en ocasiones, puede ser muy cruel y, en este caso concreto, lo había sido conmigo.

Me hubiese conformado con el papel de la Bruja Buena del Norte, papel que había sido asignado a Esme, incluso con el de la Bruja Mala del Oeste. No obstante, mi archienemiga, Sara —ya sabes a quién me refiero—, se hizo con el papel principal. Sara y yo nos habíamos declarado odio eterno desde mi primer día de clase, cuando se burló de mi sudadera vieja y de mis zapatillas gastadas. En aquel momento las llevaba porque no podía permitirme otra cosa, pero en la actualidad, después de haber heredado la Mansión Black y todo su contenido —sin hablar de todo el dinero de la familia Black—, las llevo porque me gustan.

Y porque quiero.

Además, era una abusona que no perdía ocasión de meterse con Eric y con todo aquel que, según sus estándares, no estuviese a su nivel. Hay que decir que sus estándares eran muy altos para los demás y muy bajos para ella misma... En fin.

Pues bien, yo me había quedado sin poder hacer de Dorothy. Pero la cosa no acabó ahí. El ridículo no había hecho más que empezar porque, a cambio, me dieron el papel de uno de los monos voladores del ejército de monos voladores de la Bruja Mala del Oeste.

Un mono volador.

Iba a tener que subirme a un escenario vestida de mono.

Con alas.

El horror.

Y eso no es todo. El director de la obra era el profesor de música... Y había tenido la genial, la fantástica, la fabulosa, la grandiosa idea de hacer un musical para el que él mismo había compuesto todas las canciones.

Yo odio cantar. No sólo tengo muy poquita voz, sino que, encima, la tengo muy desagradable.

Así pues, además de tener que subirme a un escenario vestida de mono volador, también iba a tener que cantar.

El doble horror.

Bajé al recibidor después de ducharme y vestirme, allí encontré a Benson esperándome para darme mi mochila y el traje de mono volador. No quería que me olvidase de llevármelo, ya que ese día comenzaban los ensayos con los trajes que llevaríamos puestos durante la representación.

El mayordomo se había ocupado de la mayor parte del vestuario de la obra. Sin misiones, él tampoco tenía mucho más que hacer y se había ofrecido voluntario. Y no olvidemos que se le daba bien coser, al fin y al cabo, era el responsable de hacer toda la ropa que llevaba en mis aventuras. La hacía con una tela especial de su invención, la tela Black, que a mí no dejaba de maravillarme ya que conseguía cosas increíbles. Si bien, en esta ocasión, había utilizado telas normales.

—Recuerde bajar esta cremallera antes de ponérselo —dijo señalando un lateral del disfraz de mono—. Si no la baja, romperá el traje.

—Lo sé, Benson... Me lo has repetido unas mil veces... O más. ¿No tengo que llevarme el resto del vestuario?

—Oh, no, señorita Amanda, son muchos trajes, los envié ayer con una furgoneta.

Me apoyé sobre la punta de los pies para darle un beso en la mejilla a modo de despedida. Nada más hacerlo, él se llevó la mano al lugar donde le había dado el beso.

—¿Y esto? —preguntó sorprendido.

—Porque quiero. Eres mi familia —contesté retadora. Había decidido que cada vez que él me llamase señorita, me comportaría de manera mucho más cariñosa con él, a ver si de una vez dejaba de llamarme «señorita».

No pidió más explicaciones, por lo que no pude decirle por qué lo había hecho.

Llegué al instituto cuando todavía faltaban quince minutos para que sonase el timbre que anunciaba la primera clase del día.

Si hubiese llegado a saber lo que nos esperaba, puede que jamás hubiese traspasado las puertas del edificio.

7

Mi día como adolescente normal era un suplicio. Estaba harta de ser normal. Quería volver a ser una Black. Quería volver a hacer las cosas que hacía una Black.

Quería luchar contra asesinos MUY rubios, ayudar a fantasmas, escalar edificios altísimos, subirme a trenes en marcha, viajar a lugares exóticos y salir por pies de templos olvidados. Y, sobre todo, quería saber qué había sucedido con mis padres.

QUERÍA UNA MISIÓN.

NECESITABA UNA MISIÓN.

De lo contrario, creía que me iba a volver loca de aburrimiento.

No hacía tanto que había recibido mi herencia Black, pero me había acostumbrado pronto a esa nueva vida llena de aventuras y peligros. Ahora tenía que aguantar un día «normal» de una adolescente «normal»... Y no pensaba que pudiese sobrevivir a ello.

Era un bodrio.
Interminable.
Terrible.
Algo así:

7.45 – Llegar al instituto. Esquivar a las decenas de estudiantes que recorrían los pasillos arrastrando los pies hasta que llegaba a mi taquilla.

7.52 – Por fin, alcanzar mi taquilla, marcar la combinación en el candado y sacar los libros para las primeras clases del día; sí, los cogía todos. Pasaba de gastar el poco tiempo libre que tenemos entre clase y clase en ir a buscar el resto de los libros y apuntes. Además, los libros no pesan tanto si los comparamos con el chaleco lastrado que mi tía me hace llevar cada vez que salgo a correr diez kilómetros.

7.54 – Arrastrar de nuevo los pies por el pasillo del instituto hasta el aula en la que se dará la primera clase del día.

8.00 – ¡Porras! Matemáticas para empezar. No era posible un comienzo peor.

8.15 – Me equivocaba, SÍ era posible un comienzo peor. Sólo es necesario que te saquen a la pizarra.

8.20 – Bloquearse ante un problema que tienes que resolver si no quieres quedar como una idiota delante de Sara... Y de toda la clase.

8.21 – Escuchar las risitas de Sara a tu espalda.

8.23 – Resolver el problema. Volver a tu silla como si fuese un refugio de cemento bajo tierra durante un ataque nuclear.

9.00 – Arrastrar los pies por el pasillo hasta la siguiente clase.

9.01 – Equivocarme de aula.

9.02 – Arrastrar de nuevo los pies por el pasillo.

9.03 – Llegar al aula correcta.

9.05 – Charlar con Eric y Esme hasta que empiece la clase de dibujo técnico.

9.20 – Manchar la hoja con un goterón de tinta. Esperar a que se seque e intentar rasparla con una cuchilla. Morir en el intento.

10.20 – Cabecear en clase de lengua.

11.15 – Cabecear en clase de biología.

Y así, más o menos, hasta la hora de comer. Esto, a diario. Habitualmente lo aguanto por lo de las aventuras que vivo los fines de semana, pero, en aquel momento, no tenía ni eso para superar el aburrimiento del día a día.

Por supuesto, aquella jornada no fue muy diferente, por lo menos hasta la tarde, que teníamos ensayo. Mi único consuelo era que aquella misma noche podría ir a la fiesta de Halloween que organizaba Esme y me olvidaría un poco de mis preocupaciones. Era la primera vez que iba a una fiesta de ese tipo y, siendo la noche que era, tendríamos que ir disfrazados. Benson me había hecho un disfraz alucinante y estaba deseando ponérmelo... Si sobrevivía al ridículo de cantar vestida de mono volador, claro.

Tras la comida, nos dirigimos todos al salón de actos del instituto.

Yo compartía camerino con el resto de monos voladores y con Esme, que prefería estar conmigo a estar en el camerino que le había tocado, el de Sara.

A punto estuve de romper el traje porque, por supuesto, se me olvidó bajar la cremallera que me había dicho Benson.

—¡Espera! ¡Espera! —Esme se acercó a mi riendo—. Baja esto, que te lo vas a cargar...

—¡Ostras! ¡La cremallera! —exclamé llevándome una mano a la boca—. Me lo habrá dicho Benson unas mil veces o más y, aun así, se me había olvidado por completo.

Esme me ayudó a ponerme el disfraz y me colocó las alas para que no estuviesen torcidas.

Tenía que reconocer que Benson había hecho un trabajo espectacular: el traje se componía de varias piezas, la primera era un mono de pelo azul que cubría hasta la cabeza dejando sólo visible la cara del actor —en este caso, mi cara—. No sabía cómo lo había logrado el mayordomo, pero el pelo era suave y ligero, tanto que al caminar ondeaba con el movimiento. La planta de los pies llevaba una suela cosida, muy cómoda y flexible, para que no tuviésemos que ponernos zapatos que estropeasen el conjunto. Benson también había cosido unas chaquetas cortas y entalladas, de un azul más intenso que el del pelaje, que recordaban vagamente a los uniformes militares de la Rusia imperial —lo sabía porque mi tía me había hecho estudiar las diferentes guerras que había habido a lo largo de la historia como complemento a mi formación—. Una pieza de un brillante rojo destacaba sobre la pechera de las chaquetas y, a sus lados, unos botones grandes y dorados formaban un pasillo que llevaba hasta el cuello alzado adornado con detalles también dorados. Un pequeño sombrero plano en su parte superior, del mismo color que la chaqueta y con botones de oro alrededor, y las alas, fabricadas con unas plumas azules que apenas pesaban, completaban el traje. Era una de las piezas más cuidadas del vestuario de la obra, eso había que reconocerlo.

También era muy cómodo.

Y menos mal, porque, aunque todavía no lo sabía, iba a tardar mucho en quitármelo.

Me miré al espejo con una mueca.

—La verdad es que no te queda mal —dijo Esme situándose detrás de mí y recolocándome las alas un poco.

—Esme, soy un mono con alas. Nadie puede estar bien si va vestido de mono con alas. Todo el mundo se va a reír de mí.

—Es sólo una obra de teatro... —me consoló mi amiga—. Y habrá más monos en el escenario, nadie se va a reír de ti.

—Espera a que me oigan cantar...

Esme rio imaginándolo. Ella sí me había oído cantar.

—Hablando de cantar —dijo mi amiga cuando se le pasó el ataque de risa—, ¿te sabes ya las canciones?

—Pensaba escucharlas una última vez antes de que comenzase el ensayo... Hay alguna parte que se me atraviesa.

—Sí, yo estoy igual.

Nos dirigimos a las bambalinas del escenario, donde encontramos a varios compañeros haciendo lo que pensábamos hacer Esme y yo. Todos los que tenían que cantar durante el ensayo se encontraban sentados en el suelo, con los cascos puestos y leyendo el libreto de la obra, repasando las letras de las canciones. El director nos había hecho grabarlas para escucharlas y aprendérnoslas en casa... Y, la verdad, había sido una idea bastante buena ya que, poco a poco, todos fuimos aprendiéndonoslas.

Me acerqué a Eric y le di un par de toques en el hombro. Él se quitó uno de los auriculares y levantó la vista hacia nosotras.

—¿Qué haces? —pregunté—. Si tú no tienes que cantar, ¿por qué estás escuchando esto?

—No tengo que cantar, pero tengo que saber exactamente cuándo he de cambiar las luces en escena... Van con la música.

Me senté frente a él asintiendo con la cabeza a la vez que Esme se situaba a su lado.

Nos pusimos los auriculares y buscamos la música en nuestros móviles.

Después supe que eso fue lo que nos libró de lo que estaba a punto de suceder.

8

Llevábamos un rato escuchando los temas de la obra cuando, de repente, a nuestro alrededor algunas personas comenzaron a desplomarse. Cayeron de golpe, sin previo aviso.

Nos levantamos todos quitándonos los auriculares y mirando confusos a nuestro alrededor.

Esme se quedó paralizada, le hice un gesto a Eric para que se quedase con ella.

Yo me acerqué a uno de los compañeros que yacía en el suelo. No lo conocía mucho, ya que estaba un par de cursos por delante del nuestro; sólo sabía que se llamaba Oscar. Lo zarandeé con suavidad y le di unas palmadas en el rostro mientras decía su nombre.

No reaccionó.

Otros compañeros se inclinaron junto a los caídos. Sara gritaba aterrorizada y, como ella, varios alumnos más que, lejos de ayudar a los desmayados, se fueron alejando en dirección al escenario.

Ellos fueron los que se salvaron. Al menos, en un primer momento.

Le tomé el pulso a Oscar, que era uno de los encargados del atrezo.

No se lo encontré.

Volví a tomárselo.

Nada.

—Esme, ¿tienes un espejo?

—Espera.

Mi amiga salió corriendo en dirección a nuestro camerino y volvió jadeando por la carrera pasado apenas un minuto. En su mano derecha estaba el espejo, pequeño y redondo, de esos que llevan algunas personas en el bolso para retocarse el maquillaje, o lo que sea. Me lo tendió con gestos temblorosos. Estaba muy asustada, pero intentaba mantener la sangre fría, igual que Eric y yo.

Coloqué el espejito delante de la nariz de Oscar.

Nada.

—Chicos... —dije con voz muy baja y temblorosa—. Creo que está muerto.

—¿Qué? —Eric se acercó a donde me encontraba yo y se arrodilló junto al muchacho. Hizo lo mismo que ya había hecho yo: tomarle el pulso, ver si respiraba, darle palmaditas en la cara... Lo que solemos hacer los que no tenemos ni idea de qué otra manera actuar cuando un montón de personas se desploman, a la vez, frente a ti.

De nuevo, nada.

Miré a Eric con un gesto interrogante.

Eric negó con la cabeza y comenzó a levantarse a la vez que tiraba de mi brazo para que me alzase con él.

—Está muerto, Amanda —susurró en mi oído. No quería que los demás se enterasen para no desatar el pánico.

Esme se acercó a nosotros.

—¿Qué sucede? —preguntó mirando a su alrededor con ojos desorbitados— ¿Qué está pasando?

Eric y yo la imitamos.

El teatro se había convertido en una locura.

Más de la mitad de los compañeros, incluido el director, yacían tirados por el suelo en diferentes posturas. Entre los que seguíamos conscientes —o vivos, porque estaba segura de que Oscar no era el único que había muerto—, había un poco de todo: algunos intentaban ayudar a los caídos —la mayoría de ellos ya se estaban empezando a dar cuenta de que no estaban desmayados, precisamente, ya que algunos lloraban—; otros habían salido corriendo del teatro y unos pocos más, los que se habían retirado hacia el escenario, se encontraban ahora en el patio de butacas, asistiendo al espectáculo que se desarrollaba ante ellos.

Eric, Esme y yo nos acercamos a la parte delantera del escenario, ahora vacío, necesitábamos alejarnos cuanto antes de allí. Debíamos llamar y pedir ayuda.

Marqué el número de emergencias en mi móvil y me lo llevé al oído.

Recuerdo que, mientras esperaba a que sonase la señal de llamada, vi, casi a cámara lenta, como Sara se daba media vuelta entre las butacas y corría por el pasillo hacia la salida. Abrió las puertas de un empujón, dio un par de pasos y frenó en seco.

Se llevó las manos a la cara y comenzó a chillar a la vez que retrocedía, de nuevo, hacia las butacas del teatro.

En ese momento el tono de llamada dio paso a uno de error.

Miré la pantalla de mi móvil con incredulidad.

Ni siquiera intenté volver a marcar, algo me decía que nadie iba a responder.

Salté desde el escenario a uno de los asientos de la primera fila, me encaramé al respaldo y avancé de respaldo en respaldo hasta la salida, tenía que comprobar qué había visto Sara. Me hacía una idea muy aproximada; no obstante, necesitaba confirmar mis sospechas.

El pasillo del instituto estaba sembrado con los cuerpos desmadejados de los estudiantes y profesores.

Todos tirados como muñecos de trapo que nadie usa ya.

Todos muertos.

Avancé algunos pasos hasta la puerta de la cafetería, donde la escena era muy parecida a la del teatro, sólo que con menos vivos. Concretamente ninguno. No sabía si porque allí nadie se había salvado o porque los que se habían salvado habían salido huyendo. En cualquier caso, no había mucho que pudiese hacer allí. Recorrí los pasillos del instituto intentando dar con alguien aún con vida.

No había nadie.

Regresé al salón de actos para encontrar que muchos de mis compañeros se estaban marchando a sus casas.

Ahora lamento no haberlos detenido, podría haberles evitado mucho miedo y dolor, pero en aquel momento yo no sabía que estaba a punto de desatarse el caos.

9

Regresé por el pasillo del patio de butacas hacia el escenario, donde se encontraban Esme y Eric. El grupo que abarrotaba el pasillo se giró en mi dirección cuando me acerqué.

—¿Tú sabes lo que está pasando? —preguntó un chico.

—¿Cómo está Oscar? Te he visto con él —se interesó otra estudiante. Tenía los ojos color avellana, muy abiertos, y las lágrimas mojaban su rostro claro.

No tuve fuerzas para decirle que estaba muerto. Que todos lo estaban.

—¿Qué vamos a hacer? —preguntó otro.

—¿Dónde has ido? —Otro más.

—¿Qué ocurre? —Y otro.

—¡Nadie contesta al teléfono! — Y otro.

—¿Qué has visto?

—¿Qué hay ahí fuera?

—¿Están muertos?

—¡Ya basta! —Esme estaba en medio del escenario con los brazos en jarras, mirando en nuestra dirección. Sus ojos echaban fuego de lo enfadada que estaba—. Dejadla en paz. Sabe lo mismo que vosotros.

El grupo me dejó pasar. Llegué al escenario y subí para situarme junto a mis amigos.

Alguien tenía que tomar el mando y tenía toda la pinta de que iba a ser yo.

—Vale, escuchadme todos —dije.

Nadie me hizo el menor caso.

—¡Escuchadme! —insistí, con idéntico resultado.

Me aclaré la voz para volver a intentarlo, pero antes de que hubiese podido abrir la boca, Esme se me adelantó.

—¡QUE ESCUCHÉIS TODOS DE UNA VEZ! —Todas las cabezas se giraron en dirección a mi amiga—. Está bien, ahora prestad atención a Amanda.

Los estudiantes, los pocos que quedaban allí, se acercaron a nosotros, subieron al escenario y nos rodearon. Pude contar a diez personas, incluyéndonos a Eric, Esme y a mí. Y, por supuesto, a Sara. Porque se había quedado.

Inspiré profundamente intentando ordenar mis ideas.

—Chicos, no sé qué ha pasado... —Se levantó un murmullo—. Vale, vale, esperad... —Volvió a hacerse el silencio—. Lo que sí sé es que esto que ha sucedido aquí, ha ocurrido en todo el instituto... Y puede que en más sitios. He intentado llamar a emergencias y la llamada se cort...

—¡Mirad! —Sara señalaba con los ojos muy abiertos a algo que se encontraba detrás de mí.

Me di la vuelta y vi que Oscar comenzaba a moverse. La chica que había preguntado por él pasó corriendo junto a mí y se arrodilló al lado del chico.

Otros estaban también volviendo en sí y los que nos rodeaban se acercaban a ellos a la carrera.

Yo di un paso atrás. Eric me imitó.

Los dos creíamos... No, no creíamos, SABÍAMOS que aquel chico estaba muerto.

No comprendíamos qué estaba sucediendo.

Esme hizo el intento de correr para ayudar a los caídos, pero la retuve junto a mí.

Sus ojos, enormes, expresivos, me miraron sin entender.

Negué con la cabeza y di otro paso atrás, obligándola a retroceder conmigo.

Miré a mi espalda comprobando que no hubiese nadie detrás de nosotros y vi a Sara, que no se había alejado e imitaba todos nuestros movimientos.

—No te separes —le dije.

—No pensaba, guapa —contestó ella en un susurro.

Ni en una situación así perdía su arrogancia.

En ese momento se desató la locura.

Oscar se incorporó y, al hacerlo, se arrojó sobre la chica que había ido a ayudarlo. Ésa fue la señal para que nosotros cuatro echásemos a correr.

—¡A los camerinos, rápido! —grité tirando de Esme.

Tuvimos que sortear a varios de los caídos que empezaban a incorporarse. Los seis compañeros que habían ido a socorrer a los desmayados forcejeaban con los que ya habían vuelto en sí y gritaban con pavor. Me detuve.

—¡Seguid corriendo! ¡Encerraos en el camerino de Sara! —Era el más cercano al escenario. Empujé a Esme, que se había detenido cuando yo lo había hecho—. Sigue, Esme, no te preocupes, estaré bien.

Vi como mis amigos desaparecían por el pasillo que iba a los camerinos y giré sobre mis talones.

Tenía que intentar ayudar a los que estaban siendo atacados.

Uno de los alzados se encontraba muy cerca de mí con los brazos estirados, intentando apresarme. Sus pasos, torpes y lentos, me ayudaron a esquivarlo. No obstante, al hacerlo, pude ver que su piel se había tornado grisácea y sus ojos brillaban con un fulgor de un verdoso enfermizo.

¿Qué estaba ocurriendo?

Me aproximé a la muchacha que continuaba forcejeando con Oscar, o, mejor dicho, con aquello que antes había sido Oscar... Porque o mucho me equivocaba o aquellos seres grises ya no eran mis compañeros. Ni siquiera eran ya humanos.

Estaba a punto de alcanzarla cuando el ser consiguió inmovilizarla. Un rayo de luz de un verde pálido y desvaído salió de sus ojos y chocó contra los de la chica. En cuanto eso sucedió, ella dejó de luchar. Unos segundos después, su piel se tornó gris y se alzó con el mismo destello verdoso en sus propios ojos.

Ambos se fijaron en mí y comenzaron a aproximarse hacia donde me encontraba.

Miré a mi alrededor.

Todos lucían ya ese fulgor verde en la mirada.

Ya no quedaba nadie humano allí.

Di media vuelta para correr hacia los camerinos y unos brazos me apresaron.

Era como una de esas películas de zombis que la tía Paula no me dejaba ver, pero que yo veía a escondidas. En ellas los muertos se levantaban y mataban a los vivos a mordiscos. O simplemente mordían a alguien y, poco después, esa persona moría y se convertía en zombi. La diferencia era que estos zombis del instituto no mordían; te miraban, te convertían en zombi con su mirada verdosa, algo mucho más limpio, pero también más inmediato.

Una locura.

Varios de aquellos seres me habían rodeado.

No tenía forma de escapar.

10

No sabía quién me estaba impidiendo huir, me había apresado por la espalda y no me permitía darme la vuelta. Era demasiado fuerte. El resto se acercaban despacio, de manera implacable. Calculaba que en unos segundos me infectarían con aquellas pupilas verdosas y me convertiría en uno de ellos.

Ni hablar. Eso dejaría a Esme y a Eric solos frente a estos seres... Bueno, a Sara también la dejaría sola, pero eso me importaba algo menos.

Tenía que escapar y reunirme con mis amigos... Y con Sara.

Eché la cabeza para atrás con todas mis fuerzas y pude escuchar un terrible crujido, como de madera seca partiéndose. Desde luego, fuese quien fuese, ahora tenía la nariz rota. Y no me daba ninguna pena.

Los brazos en torno a mí no se aflojaron.

Los alzados estaban cada vez más cerca.

¡Iban a cogerme!

¡Me transformaría en uno de ellos!

Forcejeé unos instantes más y de repente recordé un truco que me había enseñado la tía Paula. Relajé todo mi cuerpo y los brazos se aflojaron un poco en torno a mí, no mucho, lo suficiente para poder darme la vuelta y empujar al alzado que me había estado sujetando todo este tiempo.

El chico cayó al suelo de culo... E inmediatamente comenzó a levantarse. No había sorpresa en su rostro, ni dolor. Nada.

Sólo un gesto vacío, sin voluntad.

Y esos ojos brillantes.

Sin vida.

Espeluznantes.

Eché a correr sorteando a los demás, que lanzaron sus cuerpos contra mí en un último intento por atraparme.

Subí el pequeño tramo de escaleras que llevaba hasta el camerino en el que les había dicho a mis amigos que se ocultasen. Los alzados me pisaban los talones.

Cuando llegué a la puerta, la aporreé con todas mis fuerzas.

—¡Abrid! ¡Soy Amanda! —grité con los labios pegados a la puerta a la vez que aporreaba la madera de manera frenética.

Escuché un clic y la puerta se abrió.

Un brazo salió del interior del camerino, me sujetó por la pechera del disfraz de mono volador y de un tirón me metió dentro.

Trastabillé debido al inesperado tirón y terminé cayendo de bruces al suelo mientras escuchaba el portazo de la puerta al cerrarse de nuevo.

Alguien me ayudó a levantarme, no vi a Eric hasta que no estuve de pie. A su espalda, Esme y Sara se afanaban por poner sillas delante de la puerta.

Ya se escuchaban los golpes de los primeros alzados que habían llegado hasta el camerino. Intentaban entrar.

Y tarde o temprano lo conseguirían.

Eran demasiados y allí no había mucho que pudiésemos hacer para impedir que lo hiciesen.

—¿Qué has visto? —preguntó Eric.

—¿No viene nadie más? —preguntó, a su vez, Esme.

Sara no dijo nada, me miraba con gesto inquisitivo, su ceja izquierda se alzaba en un signo de interrogación sobre dos ojos muy redondos y azules. Estaba muy asustada.

—No queda nadie, sólo nosotros cuatro... Y tenemos que salir de aquí cuanto antes... Esa puerta no va a aguantar mucho.

—¿Qué ha pasado con el resto? —Eric lanzaba miradas por encima de su hombro en dirección a la puerta, que cada vez temblaba más al ser golpeada por los alzados.

—Se han convertido. ¡Lo vi...!

—¿Convertido? ¿En qué se han convertido? —me interrumpió mi amigo.

—No hay tiempo para explicaciones, Eric, tenemos que salir de aquí... Cuando te miran te transforman... —le expliqué de manera atropellada. Ni yo misma entendía muy bien qué era lo que había sucedido—. Sale una especie de rayo verde de sus ojos que, cuando toca los tuyos, te convierte en uno de ellos... ¡Vamos! ¡Tenemos que salir de aquí!

En lo que yo había tardado en llegar, Esme y Sara se habían quitado el vestuario de la obra de teatro y se habían cambiado. Sara llevaba su propia ropa, Esme la de alguna compañera, la suya estaba en el camerino de los monos voladores, junto con la mía.

Yo tendría que salir huyendo vestida de mono volador porque no teníamos tiempo que perder. La puerta comenzaba a combarse con los golpes que recibía y en no muchos empujones más terminaría quebrándose, dejando el paso libre a aquellos seres.

Me acerqué a la ventana y la abrí de un tirón.

—¡Por aquí! ¡Rápido! —Era un primer piso, ya encontraría una manera de bajar a la calle que no fuese demasiado peligrosa para mis amigos... Ni para mí, claro. No porque pudiese caerme, la distancia al suelo era ridícula con mis poderes, pero no podía olvidar que, si bien Esme y Eric sabían la verdad sobre mí, Sara no tenía ni idea. Y yo prefería que continuase siendo así.

—Pegaos a la pared con la tripa y pisad donde yo pise —dije antes de escurrirme por la ventana.

Conmigo encabezando la comitiva, avanzamos por la cornisa del edificio, breve y estrecha. Yo tanteaba con el pie izquierdo antes de apoyarme sobre él, no confiaba en que el voladizo soportase nuestro peso, y si cedía... Bueno, si cedía no habría mucho que pudiésemos hacer. Al mirar sobre mi hombro, pude ver que, en el suelo, más de un centenar de aquellos seres seguían nuestro avance con pasos lentos y pesados, como si les hubiesen dado cuerda. Sus ojos brillantes no se separaban de nosotros. De sus gargantas salían unos gemidos escalofriantes que nos acompañaron durante todo el trayecto y nos helaron la sangre en las venas.

Llegué a la esquina del edificio. El giro iba a ser difícil. No para mí, claro. Para mis amigos... Y para Sara.

—No miréis abajo —pedí—. Pegaos mucho a la pared y avanzad con el pie más cercano a la esquina. Yo os ayudaré desde el otro lado. Unos metros más adelante hay un balcón, ahí estaremos seguros y podremos descansar.

Eric pasó la esquina, lo llevé hasta el balcón, me aseguré de que estuviese cerrado y volví a por la siguiente: Sara.

—Dame la mano —le pedí—. Y pégate mucho a la pared.

—Ya, ya lo sé —contestó—. Tú no te atrevas a soltarme.

—No lo voy a hacer —resoplé luchando contra las ganas que me dieron de soltarla.

La llevé hasta el balcón y la dejé tras la seguridad de la barandilla, con Eric.

Sólo faltaba Esme.

La encontré mirando por encima del hombro, como yo misma había hecho unos momentos antes, a los seres que nos acosaban desde unos metros más abajo. Temblaba aterrorizada.

—Esme, no los mires, mírame a mí.

—¡Nos van a coger, Amanda! ¡Da igual lo que hagamos! —exclamó mi amiga con sus rasgos deformados por el pánico.

—¡No! ¡No lo voy a permitir! ¡Mírame!

Esme comenzó a tambalearse sobre la cornisa. Iba a caer.

Giré la esquina de nuevo para ponerme junto a ella.

Pasé un brazo sobre sus hombros para evitar que cayese.

—Esme, no voy a permitir que os suceda nada, ¿de acuerdo? —susurré en su oído—. A Sara... Bueno, puede que lo permita, pero a Eric y a ti no va a pasaros nada mientras yo esté aquí.

Mi amiga no pudo evitar soltar una risa. Tensa, pero risa.

—De acuerdo, ahora deja de mirar a esos seres y mírame a mí —le pedí.

Esme asintió, comenzaba a tranquilizarse, pero continuaba aterrorizada.

—Está bien, sígueme. —Comencé a avanzar de nuevo para girar en la esquina—. Pon tu pie derecho ahí... Muy bien. Ahora el izquierdo. Sujétate a mí.... Así. Perfecto.

Ya casi lo habíamos conseguido. Eric y Sara nos animaban desde el oasis que era el balcón. Los dos sonreían. Los miré y les devolví la sonrisa.

De repente, sus labios dejaron escapar las sonrisas para adoptar muecas de horror.

Y entonces escuché el grito.

11

Todo sucedió en apenas décimas de segundo, pero en aquel momento me pareció estar viviéndolo a cámara lenta.

Miré a mi izquierda y no vi lo que tenía que ver, esto es, a Esme.

Mi cuerpo reaccionó antes que mi cerebro, ya que me agaché como pude en aquella cornisa y lancé el brazo como un gancho, casi sin mirar. Mis dedos se cerraron sobre algo suave y blando. Tiré de ello hacia arriba. Pesaba mucho.

En mis oídos continuaba escuchando los chillidos aterrorizados de Esme. Eso me indicó que había impedido su caída. Por fin me decidí a mirar: en mi puño cerrado estaba la capucha de su sudadera. Ella pateaba al aire y manoteaba intentando encontrar algo a lo que aferrarse.

—Te tengo —dije—. Pero si sigues moviéndote así, vamos a caernos las dos.

Me alcé sobre las piernas sin soltar a mi amiga, que se había quedado muy quieta, y poco a poco la ayudé a estabilizarse de nuevo sobre la cornisa.

—Gracias —susurró con las lágrimas haciendo carreras entre sus pecas.

—No me vuelvas a pegar un susto así —repliqué.

Por fin llegamos al balcón, donde Sara y Eric nos esperaban. Habían sido testigos de toda la escena, pero no hicieron ningún comentario. Eric se acercó a Esme y le preguntó si estaba bien, Sara le imitó. Yo lo agradecí, porque no tenía muy claro cómo explicarle a Sara lo que acababa de verme hacer.

No teníamos tiempo que perder, así que sopesé nuestras opciones de huida.

Junto al balcón había una cañería de desagüe que llevaba hasta el suelo, pero la descarté sin darle demasiadas vueltas. A nuestros pies se estaban agrupando cada vez más alzados. Gemían con voces huecas e intentaban subir por la pared lisa del instituto para atraparnos y convertirnos. Descender por la cañería habría sido como lanzarse a sus brazos: una estupidez.

En la sala que había al otro lado de la cristalera las cosas parecían tranquilas, apenas un par de alzados que no nos habían visto. No obstante, la cristalera estaba cerrada y no podíamos abrirla desde fuera. Esta opción no la descarté tan rápido.

—Chicos, voy a buscar una ventana por la que entrar y vendré a abriros —expliqué pasando la pierna por la barandilla para continuar avanzando por la cornisa—. Vosotros no os mováis de aquí... e intentad que no os vean esos de ahí abajo ni los que están en el aula.

Sólo encontré dos ventanas más en aquella parte del edificio y ambas se encontraban cerradas. Una vez giré en la siguiente esquina, mi avance fue mucho más fluido... Sin tener a Sara pendiente de mis movimientos, ya no necesitaba fingir una torpeza que no me era propia.

Trepé por la fachada con rapidez y alcancé el siguiente piso. Poco después daba con lo que estaba buscando: una ventana abierta.

Antes de entrar de nuevo en el instituto me asomé y comprobé que no hubiese ninguno de aquellos seres esperándome en el interior. Me encaramé a la repisa y de un salto me planté en el centro de la estancia. Se trataba de una de las aulas de ciencias. A aquellas horas se encontraba vacía. Por suerte, las clases habían acabado antes de que se desatase aquella locura y sólo quedábamos en el instituto aquellos que teníamos alguna actividad extraescolar... Y los profesores, claro.

De cualquier manera, ser cautelosa no estaría de más.

Salí al pasillo y miré a ambos lados de la puerta.

Unos metros más allá había dos o tres alzados. Miraban en otra dirección y pude correr hasta la escalera sin que notasen mi presencia. Descendí los escalones casi volando, mis pies apenas rozaban el suelo. Quería llegar cuanto antes al balcón en el que se encontraban mis amigos. Necesitaba reunirme con ellos, asegurarme de que se encontraban bien.

En el piso inferior, las cosas estaban un poquito más complicadas.

Varios alzados se encontraban desperdigados por los pasillos, entre ellos el profesor de música, que, por lo visto, había conseguido salir del teatro. Para mí no era problema sortearlos, de hecho, si no quería, no necesitaba poner un pie en el suelo, podía avanzar por el techo, ya que unas enormes tuberías recorrían todo el pasillo. No obstante, para Esme, Eric y Sara el riesgo sería mucho mayor.

Iba a tener que despejar aquella zona antes de acercarme siquiera al balcón en el que ellos se encontraban.

Suspiré, me encaramé a la columna que había al pie de la escalera para que los alzados no pudiesen sorprenderme y analicé mis opciones. El pasillo en aquella planta formaba un cuadrado perfecto. En el centro del mismo se situaba la cafetería, la cual quedaba descartada de manera automática porque tenía varias salidas y sus puertas eran batientes... No podría bloquearlas a tiempo. En uno de los lados de aquel cuadrado se encontraba el teatro, del que acabábamos de escapar por los pelos. Aquello quedaba también descartado... Además, necesitaba encontrar algo con lo que bloquear las dos salidas con las que contaba, la que daba al patio de butacas y la que utilizábamos nosotros, los actores y los técnicos.

Me quedaban tres lados. En dos de ellos había varias aulas, todas tenían dos entradas: una en la parte delantera y otra en la trasera; y los baños... con una sola puerta cada uno. Los baños podrían servirme. En el último lado estaba la sala de profesores... También con una sola entrada... También podría servir para el plan que estaba dibujando en mi cabeza.

Decidí utilizar la sala de profesores, estaba más lejos del lugar en el que se encontraban mis amigos... Y Sara. Además, contaba con amplios ventanales que me facilitarían la huida, mientras que los baños tenían unas ventanas estrechas y altas que me la dificultarían.

Ahora sólo faltaba guiar a los alzados hasta allí sin que me cogiesen.

Pero antes, necesitaba una última cosa. Una llave.

Y sabía dónde conseguirla.

12

Avancé por las tuberías del techo hasta situarme justo encima del profesor de música. El pobre hombre se había quedado mirando un trozo de pared como si allí estuviese colgado el cuadro más interesante del mundo. En un mundo perfecto, yo habría tenido algo más de tiempo para analizar los movimientos de los alzados, pero aquel no era un mundo perfecto, así que tendría que conformarme con lo que había. De hecho, en un mundo perfecto, no habría habido ningún alzado. Y los había.

A cientos.

El profesor continuó caminando por aquel pasillo, arrastrando los pies, no parecía tener ningún objetivo concreto. La puerta que daba al patio de butacas del teatro quedaba a un par de metros a su espalda. El hombre marchaba con los pasos bamboleantes e inseguros de un bebé que comienza a andar. Dio dos pasos más y se detuvo. Comenzó a mirar a su alrededor, a girar sobre sí mismo y a olfatear el aire. Buscaba algo.

Me buscaba a mí.

De algún modo, el olfato de aquellos seres se había agudizado... El tipo me estaba oliendo. ¡Y yo no olía TAN mal! —lo sé porque, al ver lo que hacía el profesor, me olfateé la axila con disimulo.

Si me descubría, las cosas se me iban a complicar mucho. Tenía que actuar cuanto antes.

Antes de descolgarme, comprobé cuántos de aquellos seres había en la zona. No me hacía mucha gracia bajar al suelo, pero si quería seguir adelante con mi plan, era obligatorio hacerlo.

En la esquina del pasillo había cuatro estudiantes, junto al profesor de música había uno más y en el interior del teatro había algunos más, no pude ver cuántos desde donde me encontraba. Tendría que arriesgarme.

Salté al suelo. Las suelas del traje de mono volador que había hecho Benson eran suaves y no hice ningún sonido al caer. Me aproximé al profesor desde detrás y con movimientos rápidos registré sus bolsillos hasta que di con lo que buscaba.

Su llavero.

Con un brinco me encaramé de nuevo al techo. En ocasiones, ser la mejor ladrona del mundo tiene sus ventajas. Como, por ejemplo, en ese momento, que había conseguido robarle las llaves al profesor antes de que tuviese tiempo siquiera de darse la vuelta.

La siguiente parte de mi plan era un poco más delicada: necesitaba encontrar la llave de la sala de profesores en aquel llavero que, calculando a ojo, debía de contener unas quinientas llaves.

Me ayudé de la tubería para llegar a la puerta de la sala de profesores. Me descolgué por las piernas y boca abajo, miré la cerradura.

Vale, me hacía una idea bastante aproximada del tipo de llave que la abriría. Saqué del llavero las que no me servirían y comencé a arrojarlas lo más lejos posible de mí..., haciendo todo el ruido del mundo.

Escuché a los alzados gimiendo y arrastrando sus pies por los pasillos en dirección a los diferentes lugares en los que habían caído las llaves. Eso los distraería mientras yo daba con la llave correcta de entre las que quedaban en el llavero.

Sólo esperaba no haber tirado la correcta.

Introduje la primera en la cerradura.

No giró.

Pasé a la siguiente a la vez que los primeros alzados llegaban a la esquina.

Tampoco giró.

Los seres miraban el trozo de metal que descansaba en el suelo, junto a sus pies.

Uno alzó la cabeza y comenzó a olfatear el aire.

Era cuestión de segundos que notasen mi presencia.

Miré al otro lado del pasillo donde estaba ocurriendo una escena similar.

Mis manos temblaban cuando intenté meter la siguiente llave en la cerradura de la sala.

Ésa ni siquiera entraba.

Los seres ya se aproximaban a mí. Los tenía a unos metros.

El llavero cayó al suelo.

—¡Mierda! —exclamé en un susurro saltando al suelo.

Recogí el puñado de llaves y las miré.

No tenía ni idea de por cuál iba. Cogí una al azar y la metí en la cerradura.

Nada.

Los dedos de uno de los alzados me rozaron mientras forcejeaba con la siguiente llave.

Estaban encima de mí.

La llave se deslizó con suavidad cuando la giré a la izquierda. Yo accioné el pomo y entré en la sala de profesores a trompicones, dejando la llave puesta.

Aquellos seres me siguieron.

Pasé corriendo como una sombra junto a un equipo de música que desgranaba una melodía que no reconocí, subí el volumen a tope casi sin detenerme y me aproximé a una de las ventanas, salí por ella y recorrí la cornisa exterior hacía la siguiente fachada.

El primer ventanal que encontré estaba cerrado, pero a mí ya se me había acabado la paciencia. Lo rompí con un codazo, ya lo pagaría cuando todo esto acabase... Si es que acababa. Salté al interior del aula y corrí de nuevo hacia el pasillo.

Llegué a la carrera hasta la sala de profesores, donde los alzados se agrupaban en torno a los altavoces. Algunos de los seres sintieron mi presencia y se separaron del equipo de música. Antes de que llegasen a la puerta, la cerré y eché la llave que seguía puesta en la cerradura.

Sólo entonces me permití apoyarme en la pared, descansar y respirar hondo.

Mi plan había salido más o menos bien, pero aquello todavía no había acabado. No, ni mucho menos. Aquello no había hecho más que empezar. Todavía quedaban algunos alzados por los pasillos, pero nada que mis amigos... y Sara no pudiesen esquivar. Aun así, recorrí aquel cuadrado cerrando todas las puertas que encontré a mi paso. Si íbamos en silencio, no nos detectarían y podríamos salir del instituto sin muchos más problemas.

Por supuesto, eso no iba a ser exactamente así.

13

Penetré en el aula y me aproximé al ventanal tras el cual se encontraban mis amigos... y Sara, claro. La sala se encontraba libre de aquellos seres, debían de haber salido cuando me escucharon tirar las llaves. Puede que se encontrasen, incluso, atrapados dentro de la sala de profesores.

Vi las caras de Eric, Esme y Sara a través del cristal. Sus ojos muy abiertos siguiendo todos y cada uno de mis pasos. Detuve mi avance, me di media vuelta y caminé de nuevo hasta la puerta. La cerré con cuidado de no hacer ruido y volví a acercarme al ventanal. Antes de abrirlo indiqué a mis amigos..., y a Sara, que no hiciesen ruido.

Por fin pude abrir aquel ventanal y abrazar a Eric y a Esme.

—¿Qué ha pasado? —preguntó Eric en un susurro—. Has tardado mucho.

—Bueno, digamos que las cosas no han sido

muy fáciles —respondí con fastidio—. Había demasiados de esos seres en esta planta y he tenido que encerrarlos en la sala de profesores antes de venir a por vosotros.

—¿Y qué vamos a hacer ahora? —intervino Sara—. ¿Has pensado cómo sacarnos de aquí?

—¿Desde cuándo es responsabilidad mía sacarte a ti de aquí? —ataqué a mi vez.

Sara resopló por la nariz y se dio la vuelta cruzando los brazos.

—No es responsabilidad tuya —dijo Esme—, pero ¿se te ocurre algo?

Eso me ablandó un poco. Sara no tenía ni idea sobre los dones Black, pero Esme y Eric, sí; aunque fuese de manera inconsciente, mis amigos habían puesto sus vidas en mis manos. Y mi archienemiga, Sara, se había contagiado de aquel espíritu. Me habían nombrado jefa de los supervivientes sin que hubiese habido ninguna votación y sin ofrecerme la oportunidad de negarme a serlo.

Sentí el peso de esa carga sobre mis hombros. Si les sucedía algo a mis amigos... o a Sara..., sería culpa mía.

Me tomé unos instantes para pensar sobre cuál podría ser nuestro siguiente paso.

—Está bien, creo que lo más sensato sería salir de aquí —expuse todavía manteniendo mi voz lo más baja posible—. Creo que debemos ir a mi casa, a la Mansión Black. Si esto ha ocurrido en más sitios, allí estaremos seguros, es casi una fortaleza y...

—Ah, no, ni hablar —se opuso Sara negando con vigor, provocando, con ello, que una ola rubia me golpease el rostro—. Si ha ocurrido en otros lugares, yo necesito saber cómo están mis padres y mi perrito.

Esme se dio la vuelta con la velocidad de una serpiente. Sus ojos parecían infectados con un mal disimulado enfado.

—Mira, bonita —comenzó intentando mantener un tono de voz bajo y apenas consiguiéndolo—, todos aquí necesitamos saber cómo están nuestras familias, pero, de momento, si Amanda cree que lo mejor que podemos hacer es dirigirnos a un lugar seguro, entonces, lo mejor es dirigirnos a un lugar seguro. Después tendremos tiempo de buscar a los nuestros.

—Pues no hay más que hablar —zanjó Eric con una palmada antes de que Sara pudiese contestar. Sé que Eric lo hizo sin darse cuenta, intentando evitar que el tono aumentase con el peligro que eso conllevaba, pero... Aquella palmada resonó como una explosión en el silencio que se había adueñado del instituto.

Yo me encogí y resoplé: sabía lo que venía a continuación.

Eric me miró con ojos espantados.

—No tenía que haber dado esa palmada, ¿verdad? —preguntó casi sin voz.

Negué con la cabeza. No hacían falta palabras. La situación acababa de empeorar muchísimo.

—Está bien —dije dirigiéndome hacia la puerta—. Seguidme. Intentad no hacer mucho ruido.

Todavía albergaba mis dudas sobre si aquellos seres habrían oído la palmada de mi amigo.

Al acercarme a la puerta del aula, pude escuchar bastante cerca el sonido rasposo de los pies arrastrándose y los lamentos inconexos de los alzados.

Ya no me cabía ninguna duda: la habían oído.

—Nos han oído, así que ahora no os separéis de mí y, pase lo que pase, no os detengáis. ¡Y no les miréis a los ojos! Necesitan estar a muy poca distancia para convertiros, pero son muy fuertes y pueden olernos.

Abrí la puerta con un tirón seco, salí al pasillo y enfilé con decisión hacia las escaleras. Eric, Esme y Sara me siguieron casi pegados a mi espalda.

Nos encontrábamos a apenas dos metros de las escaleras cuando dos de aquellos seres doblaron la esquina bloqueando el paso.

—¡Seguid! ¡Yo me encargo de ellos! —dije propinándole un empujón al primero de los alzados—. ¡No os detengáis!

Mis amigos... y Sara pasaron a mi lado y comenzaron a descender los escalones de dos en dos. Mientras tanto, yo me deshacía del segundo alzado con una patada voladora. Me sentí un poco mal al hacerlo, conocía a aquel chico, iba a mi clase, no obstante, esperaba poder pedirle disculpas una vez pasase todo aquello. En aquel momento me preocupaba más que no me cogiese ni a mí ni a mis amigos... Ni a Sara, por supuesto.

Se acercaban más alzados. Si no me largaba pronto de allí, iba a ser la siguiente en lucir aquella aterradora mirada verdosa en mis ojos.

Me lancé por la escalera a la carrera chocando contra la pared en el descansillo, el choque me sirvió para enderezar mi curso, bajando el siguiente tramo de escalones en apenas dos saltos. Eric, Esme y Sara esperaban abajo, mirando con gesto ansioso hacia el lugar por el que, por fin, aparecí.

No nos detuvimos durante mucho rato.

—Esto está más o menos limpio hasta la salida —me informó Eric.

—Pues corramos —contesté casi sin detenerme—. Son lentos, pero estarán aquí en menos de un minuto. Id por el centro del pasillo, así podremos esquivarlos si alguno sale de una de las aulas.

Los cuatro corrimos por el pasillo del instituto, yo abriendo la marcha con Esme detrás de mí, Sara la seguía y Eric vigilaba la retaguardia.

Me detuve en seco frente a la puerta que daba a la calle.

—¿Qué haces? —dijo Sara—. ¿Por qué te paras?

—A ver, tendremos que ver si hay alguno ahí fuera, digo yo. —Tal vez estaba siendo demasiado borde con Sara, pero tenía la virtud de ponerme nerviosa sólo con dirigirme la palabra.

—Ah, claro, perdona —contestó mirando al suelo, lo que consiguió que me sintiese como una malísima persona. Tenía que intentar ser más amable con ella, al fin y al cabo, estábamos juntas en aquel lío.

La calle parecía despejada, por lo menos aquel tramo, si bien no confiaba en que eso continuase así durante mucho tiempo. Teníamos un largo camino hasta la Mansión Black y era mejor recorrerlo mientras todavía tuviésemos luz diurna.

14

Nada más salir del instituto, pudimos confirmar nuestras sospechas: lo que había sucedido allí, había ocurrido también en toda la ciudad. Por las calles vagaban, arrastrando los pies y gimiendo con voces tétricas, muchos de aquellos seres. Se veían coches atravesados en la calzada, algunos accidentados, pero preferimos no acercarnos a ellos.

No había nadie con vida.

No allí.

No pude evitar preguntarme si la tía Paula y Benson se encontrarían bien. Esperaba que sí y que, de no estar en casa, hubiesen sido capaces de ponerse a salvo, porque, en aquellos momentos, yo no podía hacer mucho por ayudarlos.

Esme y Sara empezaron a preguntarse qué había ocurrido. Si aquello había sucedido en todo el mundo o sólo en nuestra ciudad. No sabían si había sido un ataque terrorista, un accidente en algún laboratorio o qué.

Eric y yo guardamos silencio.

No teníamos respuestas para ellas.

Lo único que teníamos era una teoría que tenía mucho que ver con el tañido de cierta Campana de Jade. Mi amigo y yo no habíamos tenido ni un momento para hablar a solas, pero estaba segura de que pensábamos lo mismo. No obstante, no podíamos contárselo a Esme, no con Sara delante.

Tampoco sabíamos si había ocurrido en todo el mundo o sólo en nuestra ciudad... Ni por qué algunas personas parecíamos estar bien y otras habían caído desplomadas para levantarse después convertidas en zombis. No, no teníamos ni idea de nada... Tal vez Eric y yo tuviésemos algo más de información, pero continuaba siendo muy escasa.

Comenzamos a andar por las calles de la ciudad en dirección a la Mansión Black evitando las zonas más concurridas. Cuanto más nos alejáramos de esas áreas, menos alzados habría y, por tanto, más seguros estaríamos.

Habíamos decidido acortar por el parque, donde sería más fácil ver si se nos acercaba uno de aquellos seres... O varios. Eso era lo que más miedo me daba, de uno en uno no suponían un gran problema, pues eran lentos, muy lentos. Y torpes. Pero en el instituto me había dado cuenta de que preferían avanzar en grupo. Si nos cruzábamos con un grupo muy numeroso... Bueno, en ese caso, prefería no pensarlo o el temor a perder a mis amigos..., y a Sara, me dejaría paralizada.

En el parque no sólo podríamos verlos aparecer, sino que, además, tendríamos más probabilidades de huir.

Caminábamos en silencio, sin hacer apenas ruido. En el instituto también me había dado cuenta de que cualquier tipo de sonido —voces, palmadas, música... Lo que fuese— llamaba su atención.

Sin darme cuenta, Eric se había situado a mi lado y caminaba siguiendo mi ritmo.

—Si nos rodean, te daremos tiempo para que huyas —susurró en mi oído.

—¿Qué dices? No pienso abandonaros —repliqué también en un murmullo.

—Amanda, lo he estado pensando y creo que esto que está sucediendo tiene que ver con la Campana de Jade...

—Lo sé, yo también lo he pensado. —Por supuesto que lo había pensado, hasta había pensado que él también lo habría pensado—. Pero hasta que no estemos seguros, lo mejor es no separarnos.

Apreté la marcha para dejarlo atrás, pero Eric puede llegar a ser muy insistente y se puso de nuevo junto a mí.

—Escucha. —Me agarró del brazo y me obligó a mirarlo—. Sea lo que sea, tú tienes más oportunidades que nosotros de arreglarlo. En realidad, te estamos retrasando.

Y no se equivocaba. De haber estado sola, ya habría podido llegar a casa.

—No quiero hablar de eso —zanjé—. Vamos a intentar llegar todos juntos.

Claro que había estado dándole vueltas al origen de todo aquello, no obstante, prefería no perder a mis amigos..., ni a Sara, claro, porque si resultaba que todo ese lío de los alzados tenía que ver con la Campana de Jade, entonces todo sería culpa mía. Y no quería sumar a esa culpa el haber perdido a Eric y a Esme... y a Sara. Y eso sin contar a la tía Paula y a Benson, de quienes continuaba sin saber nada en absoluto.

Eso me recordó algo.

Saqué el móvil del bolsillo de la chaqueta de mi disfraz de mono volador y miré la pantalla.

Había señal.

—Chicos, creo que los móviles vuelven a funcionar —dije.

Todos sacaron los móviles y comenzaron a marcar los números de sus seres queridos.

Sin detenernos, marqué el número de la tía Paula. Sonó y sonó hasta que saltó el buzón de voz. Volví a intentarlo con idéntico resultado.

Si mi tía hubiera estado bien, habría contestado al teléfono... O lo mismo la llamada la había puesto en un aprieto con los alzados...

—Estooo, poned los móviles en silencio, por si alguien os llama —comenté en voz baja volviendo a marcar el número de mi tía.

Nada, no contestaba.

Llamé a casa y, al segundo tono, la tranquila voz de Benson contestó.

—Dígame.

—¡Benson! ¡Benson! —Me obligué a hablar en apenas un murmullo para no delatar nuestra posición—. ¿Estás bien?

—¡Señorita! ¡Qué alivio! Sí, yo estoy bien...

—¿Y la tía Paula?

Un breve silencio al otro lado de la línea me dijo todo lo que necesitaba saber.

—Su tía salió a comer con lord Thomsing y no consigo hablar con ninguno de los dos —confesó Benson—. En las noticias dicen que toda la ciudad está infectada... Pero ¿dónde se encuentra? Iré a buscarla.

—No, no, Benson, te necesito en casa, necesito que intentes hablar con... —Miré a Sara antes de continuar. Ella estaba unos pasos más allá prestando atención a su propio móvil, no me estaba haciendo ni caso. Aun así, baje aún más la voz—. Tienes que hablar con los yetis. Necesito que vayan a ver a la Gran Biblioteca y que lleven el equipo de comunicación que les dejamos, tengo que hablar con la Gran Biblioteca.

—Pero... —intentó quejarse Benson.

—No, no hay peros, Benson, llegaremos en un rato.

Colgué sin darle la oportunidad de replicar.

Miré a Eric y a Esme, que se abrazaban abatidos. No habían conseguido hablar con nadie de su familia.

Sara, un poco separada de ellos, miraba la pantalla de su teléfono sin dar crédito. Los ojos brillantes me indicaron que ella tampoco había podido contactar con sus padres.

Me acerqué a ella.

—¿Estás bien? —pregunté.

—Nadie contesta. —Rompió a llorar.

No sabía muy bien qué hacer, así que la abracé. Fue un abrazo torpe durante el cual intenté mantener cierta distancia con ella, pero eso es lo malo de los abrazos, que no es posible mantener mucha distancia.

—Lo siento, Sara. En un rato llegaremos a mi casa y podremos averiguar algo más. —Ella se separó de mí y echó a andar limpiándose las lágrimas.

—Pues vamos, tengo que encontrar a mi familia y a mi perrito.

Nos pusimos de nuevo en marcha. En pocos minutos tendríamos que salir del parque y enfrentarnos a las calles de la ciudad repletas de alzados. No tenía ni idea de cuántos habría, pero si tenía en cuenta el número de supervivientes en el instituto, es decir, cuatro, iban a ser muchos, muchísimos, los alzados que encontrásemos.

Le había dicho muy rápido a Benson que no viniese a por nosotros, así que lo llamé de nuevo.

—¿Señorita Amanda? —contestó enseguida el mayordomo.

—Bueno, puede que sí que quiera que vengas a por nosotros... —comencé.

—¿Nosotros?

—Estoy con Esme, Eric y Sara en el parque, cerca de la salida de la Gran Avenida.

—Voy ahora mismo.

—Ten mucho cuidado, Benson... No dejes que te miren a los ojos. Si te miran, te conviertes en uno de ellos.

—No se preocupe por mí, señorita Amanda —contestó el mayordomo—. No me ocurrirá nada. Estaré allí enseguida.

Benson no mintió, pero aun así, fue demasiado tarde.

15

La puerta de salida del parque estaba al lado de donde nos encontrábamos nosotros. Se trataba de un enorme portalón de hierro flanqueado por un muro de piedra de un metro de altura que culminaba en unos barrotes, también de hierro, cuya parte superior tenía forma de lanza.

Nos acercamos al muro, permaneciendo aún a varios metros de la salida, y nos agachamos tras él sin quitar la vista de la avenida por la que, en breve, tendría que aparecer Benson.

En la calle, decenas de aquellos seres vagaban con pasos arrastrados y miradas perdidas. Eran hombres, mujeres, ancianos o jóvenes, incluso niños... Todos con la piel grisácea y miradas verdosas. Todos avanzaban con movimientos perezosos y lentos. De sus bocas emanaban gemidos que retumbaban contra los edificios y los escaparates de una ciudad muerta. Se me erizaba la piel cada vez que los escuchaba.

Caminaban sin mirarse entre ellos, con los ojos vacíos de vida, como los de un pez en una pescadería. Todos ellos habían sucumbido al tañido de la Campana de Jade o habían sido atacados por los primeros que se habían convertido al escucharlo. No había forma de saberlo.

Un olor dulzón y putrefacto, como de carne puesta demasiado tiempo al sol, llegó hasta nosotros.

En ese momento, ocurrieron varias cosas a la vez.

A lo lejos escuché el sonido de un motor, todos los alzados se giraron en dirección al ronroneo mecánico.

A mi lado, Eric gritó.

Me di la vuelta hacia mi amigo y vi varias manos que lo agarraban y lo arrastraban a los setos que había junto a él, haciendo que desapareciese de mi vista.

El grito de Eric llamó la atención de los alzados que se encontraban al otro lado del muro del parque, los cuales comenzaron a alargar sus brazos intentando atraparnos.

El motor sonaba cada vez más cerca, aproximándose a toda velocidad.

Esme se arrojó a los setos para intentar ayudar a Eric, que continuaba gritando. Yo agarré las piernas de mi amigo y comencé a tirar de ellas con todas mis fuerzas.

Lo tenían bien sujeto.

No sabía cuántos eran, pero yo también me lancé a los setos. El interior era una zona estrecha y circular con el suelo cubierto por una alfombra de hojas muertas. Vi a mi amigo tirado en el centro, algunos destellos de sol habían conseguido atravesar los arbustos y chocaban contra su piel dibujando pecas de luz en su rostro aterrorizado.

Comencé a golpear a aquellos seres, pero nada parecía causarles daño. Esme recibió un golpe en la cabeza y cayó desmayada cerca de Eric. Yo continuaba luchando, pero no conseguía hacer mella en ellos.

No sabía de dónde habían salido, cómo habían conseguido acercarse a nosotros sin que los escuchásemos. No lo entendía.

Uno se sentó a horcajadas sobre mi amigo y sus ojos escupieron aquella luz verdosa.

—¡NO MIRES, ERIC! ¡CIERRA LOS OJOS! —grité con todas mis fuerzas, tumbada sobre mi espalda y golpeando a aquel ser con toda la fuerza de mis piernas.

No sirvió de nada.

Eric se convirtió en uno de ellos frente a mí.

Me quedé paralizada unos segundos, rota por la tristeza. Una vez más había fracasado.

Y mi fracaso le había costado la vida a mi mejor amigo.

Gruesas lágrimas huían de mis ojos, pero no podía distraerme si no quería que me sucediese lo mismo a mí. Ahora necesitaba escapar, necesitaba buscar una solución, necesitaba recuperar a Eric.

Me di la vuelta y comencé a reptar sobre mi vientre para salir de entre la maleza. Vi a Esme a mi lado, se estaba incorporando con torpeza. Cuando abrió los ojos, me di cuenta de que ella también había caído.

Sentí deseos de rendirme.

Ya nada tenía sentido.

Los había perdido a ambos.

Un grito desgarrado salió de mi boca empujando el aire que no conseguía llegarme a los pulmones debido al llanto.

El grito llamó la atención de aquellos alzados que estaban más alejados. Ahora se acercaban todos a mí. Uno de ellos me sujetaba las piernas impidiéndome escapar. Dejé de forcejear.

El chirrido de unos frenos y unos pasos apresurados me indicaron que estaba muy cerca de escapar. Las ganas de continuar luchando por mi vida regresaron al instante. La pena y el dolor que sentía quedaron enterrados por el deseo de salvarme.

De salvarlos.

—¡Benson! ¡Aquí! —grité entre sollozos.

Dos brazos enfundados en mangas negras atravesaron el muro de vegetación, me sujetaron por las muñecas y con un fuerte tirón me soltaron del agarre de los alzados.

—Ya está, todo está bien, señorita Amanda. —Benson me ayudó a levantarme y me llevó casi en volandas hasta el coche, todavía en marcha, parado justo frente a los arbustos en los que había perdido a mis dos mejores amigos.

Más alzados se aproximaban ya al automóvil, uno de nuestros todoterrenos blindados, pero Benson no dudó ni un instante, ni siquiera parecía nervioso.

Se sentó en el asiento del conductor y cerró la puerta del automóvil con un portazo seco.

—Echen el seguro, señoritas —dijo el mayordomo con calma.

Le obedecí y miré por encima del hombro al asiento de atrás, donde Sara, con la cara surcada por las lágrimas, se abrazaba el cuerpo y miraba por la ventanilla con auténtico pánico en su rostro. El seguro de su puerta también estaba ya cerrado.

—Lo siento, Amanda, no sabía qué hacer —balbuceó—. Lo siento, lo siento —insistió entre sollozos.

Benson arrancó tan de repente y a tanta velocidad que me ahorró tener que contestar inmediatamente a mi archienemiga.

—Los cinturones, señoritas —comentó Benson lanzándome una mirada de advertencia que entendí a la primera: «No es culpa de Sara, así que cuidado con lo que dices».

Asentí en silencio tragándome mi propia pena para intentar consolar a Sara.

—Ha sido mala suerte, Sara, no te culpo.

—Pero no os he ayudado... —insistió todavía llorando.

—Si lo hubieses hecho, ahora serías uno de esos seres —zanjé.

Al decirlo, supe que era verdad y se me pasó un poco el enfado que sentía contra Sara.

Miré a Benson, que me devolvió la mirada y dibujó en sus labios un «lo siento».

Sí, yo también lo sentía, pero no tenía tiempo para llorar a mis amigos, tenía que averiguar qué estaba pasando y cómo arreglarlo.

16

En el camino a casa, Benson nos contó que las calles de la ciudad estaban anegadas de coches, algo que pudimos ver Sara y yo con nuestros propios ojos. Benson había llegado hasta nosotras causando bastantes daños a su paso: había arrollado puestos de flores, quioscos, motocicletas y bicicletas aparcadas. E incluso había retirado algún automóvil con nuestro todoterreno, que sufrió alguna abolladura en su carrocería. Había intentado no atropellar a ningún alzado, pero alguno se había llevado un golpe. Había tenido que conducir por aceras cuando el asfalto estaba colapsado... Por lo visto, los zombis no sabían conducir. El viaje de regreso a casa había sido más tranquilo, ya que Benson había utilizado la misma ruta que siguió para llegar hasta nosotras.

—Tiene una llamada, señorita Amanda —dijo Benson una vez estuvimos en la Mansión Black.

Permití que Benson me llamase «señorita» de nuevo sin protestar para no tener que explicarle nada a Sara, que continuaba sentada a la mesa de la cocina, llorando, moqueando y dando pequeños sorbitos al cacao que nos había preparado el mayordomo. Tenía una caja de pañuelos junto a ella que iba menguando a toda velocidad. La pobre no podía parar de gimotear y de llorar, y yo no sabía muy bien qué decirle para consolarla. Yo misma estaba en estado de shock, no sabía cómo manejar la tristeza que sentía por lo ocurrido, por mis amigos, mi tía y lord Thomsing, quienes continuaban sin dar señales de vida... Ni siquiera podía llorar más, se me habían agotado las lágrimas. En unas horas, había perdido todo lo que me importaba. En esa situación, cuando Benson me anunció que tenía una llamada, sentí su intervención como una salvación, como si alguien me diese una palmera de chocolate después de una semana comiendo sólo lechuga.

—Gracias, Benson, lo cogeré aquí mismo —contesté levantándome de la silla y dirigiéndome al teléfono.

—No, señorita, es por... el otro teléfono.

—Oh, gracias —dije al entender, por fin, el verdadero mensaje.

Me disculpé con Sara y me dirigí al taller, donde el mayordomo había conseguido contactar con los yetis que había conocido en Nepal. Entre las muchas cosas que les había proporcionado Benson para poder ocultarse de ojos indiscretos, se encontraba un equipo de radioaficionado con el que podrían llamarnos siempre que nos necesitasen. En el taller de la Mansión Black habíamos habilitado una pequeña mesa, cerca de los ordenadores, sobre la que descansaba el equipo, un armatoste cuadrado y grande, con numerosos botones, palancas, pantallas y luces que yo no terminaba de entender, pero que Eric y Benson sabían manejar a la perfección. Por lo que me habían dicho, yo sólo necesitaba hablar pulsando el botón de la parte de abajo del micrófono y decir «cambio» cuando acabase una frase. Del resto se encargaban ellos.

Cuando llegué al taller, me senté frente al equipo, me puse los auriculares —unos enormes cascos más grandes casi que mi cabeza— y hablé en el micrófono.

—¿Hola? ¿Hola? Aquí Amanda, cambio.

—¡Amanda! ¡Cómo nos alegra saber que estás bien! ¡Soy Kask! Cambio.

Kask, el primer yeti que había conocido en la cordillera del Himalaya cuando estuve allí buscando la Campana de Jade. El que me contó todo lo que les sucedía a los yetis mientras me guiaba hasta su aldea: que cada vez quedaban menos, que tenían que vivir escondidos... También era con quien había continuado manteniendo el contacto una vez que regresé de allí. Oír su voz a través del equipo de comunicación me ayudó a verlo de nuevo: su sonrisa abierta, confiada; su pelaje plateado y brillante, y sus más de tres metros de altura. Me alivió de la tristeza que me atenazaba, escucharlo casi consiguió hacerme sentir cierta alegría, así como saber que estaba bien, que el tañido no le había dañado.

—Kask, ¡Qué alegría! ¿Vosotros estáis todos bien? Cambio.

—Sí aquí estamos todos bien. Cambio —contestó.

—Kask, esto es muy importante, las cosas en mi ciudad están muy mal. Necesito que llevéis el equipo de comunicación a la Gran Biblioteca, tengo que hablar con él cuanto antes. Cambio.

La Gran Biblioteca, el monje nepalí que acumulaba el conocimiento perdido, debía de tener respuestas para todas las preguntas que llenaban mi cabeza.

—Eso no va a ser necesario, Amanda. La Gran Biblioteca está aquí, quiere hablar contigo. Cambio.

Antes de que yo pudiese contestar, escuché la voz de la Gran Biblioteca.

—Joven Amanda, me alegra escucharte...

La voz de Kask, que sonaba ahora un poco más lejana, interrumpió a la de la Gran Biblioteca.

—Le tocaba hablar a ella, yo había dicho «cambio».

—Kask, ahora no —dijo la Gran Biblioteca con un leve tono de enfado.

—Pero nos dijeron que teníamos que decir «cambio» y entonces hablaba... —insistió Kask.

—Ya, pero no pasa nada, verás como no pasa nada... —aseguró de nuevo la Gran Biblioteca, cortándolo—. ¿A que no pasa nada, Amanda?

No pude evitar reírme. Los yetis eran inocentes y puros, justo lo que necesitaba en ese momento para aligerar un poco la tristeza por la pérdida de mis dos mejores amigos y de mi tía.

—No, Kask, no te preocupes, no pasa nada —contesté todavía riéndome.

—Amanda, esto es muy grave —comenzó el monje—. La campana ha sonado. No te queda mucho tiempo.

—Lo sabía —dije—. Sabía que había sido la Campana de Jade.

—Pero no ha dicho «cambio» —volvió a decir Kask por detrás. Sonaba confundido, muy confundido.

—Kask, no te preocupes, la comunicación no se va a cortar —le aseguré para tranquilizarlo—. ¿Qué hago, Gran Biblioteca? ¿Qué tengo que hacer? ¿Cómo destruyo la campana?

—Tienes que encontrarla. Esta noche es lo que en vuestra cultura se conoce como la noche de Halloween o Noche de Difuntos. La puerta que hay entre el mundo de los vivos y el de los muertos está abierta y muchos podrán cruzarla gracias al poder de la campana.

—Pero no tengo cómo buscarla... Cambio.

—Sí, joven, claro que tienes cómo buscarla. Sigue a los que hoy han caído tras el tañido, ellos te guiarán. La Campana de Jade necesita el poder de muchas vidas para resucitar a los que ya se fueron, por eso tiene que absorber la de todo aquel que la escucha.

—No lo entiendo —dije acercándome más al micrófono, como si así fuese a entenderlo mejor.

—Ha sonado el tañido de la campana. Todos los que la han escuchado están hechizados y ahora tienen la misión de aumentar su número, pero todavía pueden ser salvados. Sus vidas todavía no han abandonado del todo el cuerpo, lo harán cuando la campana las absorba. Así es como conseguirá el poder para resucitar a otros. Para salvar a los que están bajo su hechizo tienes que destruirla antes de la medianoche de hoy. Después, todo será irreversible y muchos más morirán para continuar alimentando el hambre de vidas de la Campana de Jade.

—Di «cambio», por favor —pidió, casi suplicó, Kask.

—Cambio —dijo la Gran Biblioteca con un resoplido.

—Entonces, a ver si lo he entendido... —No terminaba de pillar muy bien aquel proceso—. Primero suena la campana y la gente se muere, pero no están muertos del todo, están hechizados... y sin pulso. Eso lo he visto, así que tiene que ser cierto. A continuación, la campana llama a los muertos, hechizados, o como queramos llamarlos, ¿no? Ellos se van acercando a la dichosa campana y, por el camino, se van cargando a todo aquel que quede vivo. Y, para acabar, la campana termina de matar a los hechizados para resucitar a alguien en concreto, pero a la vez va a resucitar a todos los muertos del mundo... ¿Lo he entendido?

—Lo has entendido a la perfección, joven —aseveró la voz de la Gran Biblioteca—. Poco a poco, la campana irá acumulando más poder y, con él, su alcance se irá ampliando hasta que no quede nada ni nadie fuera de su hechizo.

—Pero ¿quién utilizaría un artefacto así? Mi madre ha debido de perder la cabeza. No me puedo creer lo que está haciendo para traer de vuelta a mi padre. ¡Es una locura!

—Lo es. La tristeza puede llevarnos a realizar actos desesperados... Tienes que detener esto, Amanda, nadie más puede hacerlo. Nadie más sabe lo que está sucediendo.

—Lo haré —prometí.

—Tengo que pedirte una última cosa.

Guardé silencio.

—La campana intentará engañarte —advirtió el monje—. No se lo permitas.

—¿Cambio y corto? —preguntó Kask—. ¿Quieres algo más, Amanda? Cambio.

—¡Sí! —exclamé. Casi me olvidaba—. ¿Por qué a mí no me ha pasado nada? ¿Por qué hay personas a las que no les ha afectado el tañido?

—Kask, suelta el micro. Déjame un momento, anda —pidió la Gran Biblioteca—. ¿Amanda, me oyes?

—Sí, dime.

—¿Qué hacías cuando sonó el tañido? —preguntó.

Pensé durante unos segundos.

—Estaba en el ensayo de la obra del insti... Repasaba las canciones con los auriculares puestos.

—Ajá... Ahí lo tienes, no pudiste oírlo. Y, como tú, todo aquel que estuviese escuchando música o un pódcast o que estuviese en una llamada de teléfono. Hay gente viva aún, sin hechizar, y necesitan tu ayuda.

—Espera... ¿Tú sabes lo que es un pódcast? —pregunté extrañada.

—Amanda, paso mucho tiempo solo en lo alto de la montaña y no olvides que, además, soy ciego... ¿Cómo crees que me entretengo?

No le faltaba razón.

—Está bien. Esta vez no os fallaré. La destruiré y todo volverá a la normalidad... Espero. Cambio y corto.

Corté la comunicación. Apoyé el mentón en mis manos y medité sobre todo lo que acababa de decirme la Gran Biblioteca. La conversación confirmaba todas las sospechas de la tía Paula: mi padre había fallecido, no sabíamos cuándo, tampoco era importante ese dato. Lo importante era que mi madre quería traerlo de vuelta. Para ello se había hecho con la daga, con la Campana de Jade y había robado el cuerpo de mi padre del cementerio, donde ella misma lo había escondido.

Todo cuadraba.

En ese instante sentí un roce en mi hombro.

—¡AAAAAAH! —grité asustada.

—Soy yo, soy yo, señorita Amanda. —La voz de Benson sonaba alarmada, creo que lo asusté yo más a él con mi grito que él a mí.

—Casi me matas de un infarto, Benson. Y deja ya lo de «señorita», que no está Sara delante... Por cierto, ¿dónde está?

—La llevé al dormitorio de invitados para que pudiese asearse y descansar. —Hizo una pausa y escuchó mirando al techo—. Sigue allí, no se preocupe.

—Muchas gracias, Benson, hoy me has salvado la vida... Y espero que con eso hayas salvado la de muchos más.

—Lo siento mucho, Amanda. Siento lo de sus amigos... Y lo de su tía.

—¿No has tenido noticias de ella? —Me tembló la voz al preguntar. No podía plantearme siquiera fracasar esta vez, si lo hacía la perdería para siempre. A ella y a todos. Este pensamiento consiguió que un estremecimiento me recorriese todo el cuerpo. ¿Qué iba a hacer sin mi tía? ¿Qué iba a ser de mí? No, no podía pensar en eso. Necesitaba centrarme en lo que tenía por delante.

El mayordomo negó en silencio.

—He de asumir que he fallado —admitió—. Les he fallado, señorita Amanda.

Una lágrima resbaló por el delgado rostro de Benson. Me levanté de la silla y lo abracé.

—No digas eso, no sabías lo que iba a suceder... De no ser por ti, ahora todo estaría perdido. Para todos. —Había una pregunta que escalaba por mi garganta, deseando salir—. Benson, ¿por qué a ti no te ha afectado el tañido?

—No puede, soy un guardián... Ya sabe, mi deber es proteger a los Black. ¿Cómo podría hacerlo si estas cosas me afectasen?

—Ya, pero ¿qué es un guardián en realidad? —Tenía que intentarlo.

Benson me miró con una ceja levantada y una media sonrisa triste rasgó sus labios.

—Así me gusta, señorita Amanda, que no se rinda. Vamos, sólo tenemos hasta medianoche. Se acaba el tiempo.

—Benson, ¿vendrás conmigo?

—Ojalá pudiera. He de ir a buscar a la señora Paula, a lord Thomsing y a sus amigos, Esme y Eric. He de mantenerlos alejados de esa campana. Si llegan a ella antes que usted, morirán, ya lo ha oído.

El mayordomo tenía razón.

Tendría que ir sola.

O aún peor, tendría que ir con Sara.

17

Nos dirigimos a la cocina, donde la televisión desgranaba los acontecimientos del día. Vi en la pantalla una imagen de la salida de la ciudad. Se habían creado barricadas en todas las carreteras tras las cuales grupos de militares venidos de todas las partes del país impedían que los alzados escapasen, intentaban que aquel mal desconocido no alcanzase otras poblaciones. Sobreimpresa en la imagen, aparecía la frase: «Primeros casos de enfermedad desconocida en otras zonas». Subí el volumen y presté atención.

Tras unos minutos me di cuenta de que el problema era mucho más grave de lo que había imaginado. Nadie sabía qué estaba ocurriendo, la mayor parte de la población de mi ciudad había sucumbido al encantamiento de la campana y ahora estaban infectando a los pocos vivos que quedaban. Por otra parte, los científicos pensaban que era un virus y ya había varios laboratorios en diferentes partes del país investigando lo sucedido para encontrar una cura, como si fuesen a dar con ella.

Y, por si todo esto me pareciese poco, un tren repleto de alzados —el tañido los había pillado a mitad de camino— había llegado a una ciudad cercana y ahora la mayor parte de esa ciudad estaba también infectada.

Todo era caos e incertidumbre.

Y yo era la única persona que podía detener todo aquello.

Pues vale, pues muy bien, pues vaya marrón que me había caído encima... Aunque, bien pensado, era culpa mía. Si me hubiese hecho con la Campana de Jade cuando había tenido la oportunidad, nada de eso habría ocurrido, pero fracasé y permití que mi madre me adelantase en el último momento.

—¿Qué dicen?

Sara apareció en la puerta de la cocina. Se había lavado la cara y arreglado el pelo y volvía a ser la Sara que yo conocía, no ese manojo tembloroso de lágrimas y sollozos que había tenido el placer de ver en el asiento trasero del todoterreno y en la cocina de la Mansión Black.

—Nada —contesté apagando el televisor—. Sara, tengo que ir a un sitio. No creo que tarde mucho, pero tienes que quedarte en casa. Aquí estarás a salvo.

—¡JA! ¡Ni hablar, guapa! —Desde luego, Sara volvía a ser ella misma—. No sé a dónde tienes que ir, pero yo tengo que ir a buscar a mis padres y a mi perrito.

—Si te prometo que iré yo a buscarlos, ¿te quedarás aquí? —pregunté. Conocía la respuesta, pero tenía que probar suerte.

—No.

—Sara, es muy peligroso —insistí.

—Me da igual, no confío en que puedas llegar tú sola hasta mi casa... Seguro que te pierdes. ¿Cómo vas a ir tú sola?

—Sara... —comencé.

—He dicho que no, que yo voy contigo —me interrumpió.

Le lancé una mirada fugaz a Benson, pidiéndole sin utilizar palabras que me apoyase. El mayordomo se encogió de hombros y alzó las palmas de las manos en el gesto universal de «a mí no me líes».

De ahí no iba a sacar ninguna ayuda, estaba claro.

—De acuerdo —suspiré—, pero tienes que cumplir algunas reglas. Tienes que hacer lo que yo diga en todo momento.

—Eso será si me da la gana.

Suspiré de nuevo, reuniendo paciencia, y me froté la cara con las manos.

—Sara, en serio, esto es muy peligroso.

—He dicho que yo voy contigo y no hay más que hablar. ¿Nos llevará tu mayordomo?

Volví a mirar a Benson, que cerró los ojos y negó con la cabeza.

—No, tiene otras cosas que hacer —contesté.

Sara arrugó los labios en un mohín contrariado, pero no protestó.

—Vale —comenzó de nuevo—. ¿Piensas ir así vestida? Porque yo no voy a ningún sitio contigo si no te cambias...

Consideré todo lo que tenía por delante y me sentí tentada de continuar llevando mi disfraz de mono volador. Si eso me quitaba a Sara de encima, merecería la pena. Después lo pensé un poquito más y decidí que no era el mejor atuendo para las cosas que preveía que iba a tener que hacer.

—No —dije por fin—. Subiré a mi habitación a cambiarme y nos marcharemos.

—¿Puedo acompañarte?

Sabía que lo único que quería era meter las narices en mi dormitorio para criticarlo cuando todo hubiese pasado, pero por una vez no iba a ser capaz de sacar nada de nada; mi habitación era genial.

—Puedes, pero no toques nada. No me gusta que toquen mis cosas.

—¡Trato hecho! —exclamó animada. La perspectiva de encontrar nuevas cosas que criticarme la había puesto de muy buen humor. Casi parecía que se hubiese olvidado de lo que estaba sucediendo en las calles de nuestra ciudad.

Subí las escaleras pensando en un modo de hacer lo que tenía que hacer sin que Sara descubriese mis poderes.

No encontré ninguno.

18

—No me imaginaba así tu habitación. La verdad, es preciosa —comentó Sara metiendo la cabeza en mi vestidor—. ¿Y toda esta ropa? ¿Por qué nunca te la pones?

Claro que mi habitación era preciosa, la habían decorado mi tía y Benson para mí cuando heredé la Mansión Black y, con ella, todas mis responsabilidades y poderes. Se trataba de un amplio dormitorio presidido por una cama de madera blanca con vetas azules, adornada con un dosel de seda azul que caía desde las esquinas de la estructura, también de madera tallada en forma de hojas. En el papel de pared detrás de la cama, pequeñas motas que viajaban desde el azul al violeta daban forma a un dragón de escamas de un intenso color púrpura. Otro de los muros, que formaba media circunferencia, acogía un ventanal del suelo al techo que se abría a una enorme terraza con suelo y balaustrada de piedra. El ventanal estaba enmarcado por unas cortinas de la misma seda azul que el dosel. El dormitorio se completaba con lo que parecía un armario, que escondía en su interior un gran vestidor lleno de todo lo que cualquier adolescente pudiese desear; un escritorio sobre el que descansaba un moderno ordenador; una estantería repleta de libros con una escalera para poder alcanzar los más altos, y una zona de lectura presidida por una chimenea flanqueada por dos butacas, una azul y otra morada, ambas muy confortables.

El fuego chisporroteaba alegre en el hogar dotando a todo el conjunto del encanto de un escenario de cuento de hadas.

Sí, mi habitación era la más genial del mundo.

—Porque me da igual la ropa, prefiero ir cómoda —contesté con aburrimiento.

Benson había dejado sobre la cama uno de los monos, fabricados con la tela Black, que solía utilizar en mis misiones. Aquella tela, que era un invento del mayordomo, era capaz de hacer cosas increíbles. Esta vez me había proporcionado uno de los monos básicos, la tela era flexible, pero irrompible y se adaptaba a cualquier cosa que necesitase hacer en mi misión. El mayordomo había dejado a los pies de la cama unas botas con suela de goma, flexibles y cómodas, que me permitirían caminar sin hacer apenas ruido. Esta vez, Benson había añadido unas pistoleras, me las puse alrededor de cada una de mis piernas.

Junto al mono había una caja negra. La abrí.

En su interior había algo parecido a dos pistolas y una nota doblada.

Abrí la nota y la leí:

> Ha llegado el momento de que ponga a prueba su puntería. Estas pistolas están cargadas con dardos tranquilizantes, no son mortales, pero dejarán al blanco fuera de juego durante un par de horas. Si las cosas se ponen muy feas, úselas sin dudar. En el perchero del recibidor le dejo una mochila con más dardos, puede que los necesite.
>
> Con cariño,
>
> BENSON

Por primera vez iba a ir armada durante una de mis misiones.

De acuerdo que no eran armas letales, pero la tía Paula me había dejado claro durante nuestras sesiones diarias que los Black nunca utilizábamos armas. Me había entrenado en su uso; sin embargo, nunca había llevado armas encima y nunca había disparado una contra un ser humano. No sabía si sería capaz, llegado el momento.

Cogí una de las pistolas y la sopesé en mi mano. Era bastante ligera a pesar de su exagerado tamaño. La abrí y eché un vistazo al cargador. Conté hasta veinte dosis de tranquilizante. Aquella debía de ser también una creación de Benson, no había oído nunca hablar de algo así. Guardé la pistola en su funda, pegada a mi muslo. A pesar de contar con un seguro, esperaba que no se disparase sola y me diese, porque entonces Sara y yo estaríamos acabadas.

Hice lo mismo con la segunda de las armas. Comprobé el cargador y la guardé en la funda, en mi otra pierna.

—¿Vas a matar a alguien? —oí a mi espalda.

—No, Sara, son tranquilizantes. Me las ha dado Benson, ha creído que podrían protegernos.

—¿Y por qué tenéis tranquilizantes en casa? ¿Qué tipo de familia tiene tranquilizantes en casa?

«Una como la mía», pensé, pero eso no podía decírselo, claro.

—No sé, debe de ser alguna de las cosas que había en la mansión cuando la heredé. Lo mismo algún antepasado mío fue veterinario o algo así —mentí encogiéndome de hombros.

—Me gusta tu habitación, pero deberías vestirte de otra manera, seguro que serías más popular en el instituto.

—Me importa entre poco y nada ser popular, la única que me da problemas en el instituto eres tú.

Eso consiguió que mi archienemiga cerrase la boca. Si bien no durante mucho tiempo.

—Todo esto es un poco como una película de ésas de zombis... —dijo tras aproximadamente tres segundos en silencio—. Vi una hace mucho, mis padres no me dejan ver pelis de terror, pero recuerdo que la gente se convertía y mataban a otros... Se los comían.

—Aquí nadie se ha comido a nadie —repliqué.

—Ya, pero es muy parecido. Los primeros se han convertido y luego han convertido a los demás...

—¿Y cómo acababa esa película que viste?

—Al final morían todos.

Pues muchas gracias, Sara, eso me animaba muchísimo a seguir adelante.

—Ya, bueno, espero que esto no acabe como aquella peli. —Hasta yo pude notar el temblor en mi voz, así que agradecía que Sara cambiase de tema.

—¿Qué vamos a hacer? ¿Cómo vamos a ir a mi casa?

—Andando, yo no sé conducir —volví a mentir. Claro que sabía conducir. Sabía hasta pilotar aviones, pero eso habría hecho sospechar a Sara y en ese momento lo más importante, además de salvar a todo el mundo, era que ella no se diese cuenta de que yo no era del todo lo que la gente esperaba que fuese.

—¿De verdad me vas a acompañar?

—Por supuesto, te lo he prometido —aseguré—. Mira, Sara, no me caes bien, pero si de mí depende, nadie te va a hacer daño hoy. Eso sí, tú tienes que hacerme también una promesa.

—Eso dependerá de la promesa —replicó con arrogancia. Hasta en ese momento, cuando yo le estaba ofreciendo ayuda, prefería imponer sus condiciones.

—Una vez lleguemos a tu casa y yo compruebe que es segura, te quedarás allí. Estén o no estén tus padres. Prométemelo.

Sara pareció dudar, pero debió de darse cuenta de que yo no estaba bromeando.

—Está bien —rezongó—. Lo prometo, pero...

—No hay peros. Te quedarás. Yo tengo cosas que hacer —zanjé.

—¿Qué es eso que tienes que hacer, Amanda? —preguntó con cautela.

—Quiero salvar a Esme, a Eric, a mi tía, a su novio... A todos.

—¿Cómo? ¿Qué sabes que no me estás diciendo?

—Sara no era tonta, aunque a mí me lo pareciese.

—Nada, no sé nada, pero esto seguro que tiene un origen. —Mentí sin ningún pudor—. Voy a encontrarlo y, cuando lo haga, hablaré con las autoridades. Creo que así se podrá encontrar una cura para eso que está afectando a todo el mundo.

Por su gesto pude deducir que no se había creído ni una sola palabra de lo que le había dicho, sin embargo, no insistió más.

Salimos de mi dormitorio y nos dirigimos al recibidor donde encontré, tal y como había dicho Benson, una mochila con su interior lleno de cargadores para las pistolas. No había ni rastro del mayordomo. No sabía si se habría ido ya en busca de mi tía y mis amigos o si estaba preparándose para salir. No quería que la campana absorbiese sus vidas antes de que yo consiguiese destruirla. Todas aquellas vidas que absorbiese serían irrecuperables.

Con un suspiro, abrí la puerta y salí al atardecer..., con Sara pegada detrás de mí.

19

El cielo se había teñido de un intenso color naranja con algunos jirones púrpura, dando así comienzo a la noche de Halloween. Miré el reloj de mi muñeca, que hoy no me serviría para mucho más que para darme la hora o para trazar la ruta más corta hacia la Campana de Jade... una vez averiguase donde demonios se encontraba, claro. No habría nadie con quien pudiese comunicarme a través de él, no habría mensajes de Eric ni de mi tía. Nada. Un reloj CASI normal y corriente. Su esfera marcaba las 18.03, apenas faltaban diez minutos para el anochecer y menos de seis horas para la medianoche, momento en el que ya no habría vuelta atrás. El mundo iría poco a poco sucumbiendo al poder mortal de la campana hasta que no quedase nadie con vida.

Ni siquiera sabía bien por dónde empezar.

—¿Vamos? —preguntó Sara a mi espalda.

—Sí, vamos —contesté con un suspiro.

Sara comenzó a caminar en dirección a la verja de entrada a la mansión.

—No, por ahí no. Sígueme —dije—. Iremos por el bosque, será menos peligroso.

—Pero...

—Sin peros, Sara. Tu urbanización está cerca del bosque y nos acercaremos a ella desde los árboles. Por la parte de atrás.

—¿Tú cómo sabes dónde vivo yo?

Ahí había dado en el clavo. No podía decirle que lo sabía porque había ido dos veces a su casa sin que ella lo supiese: la primera vez a robar un amuleto perteneciente a la familia de lord Thomsing, el novio de mi tía y aliado de los Black; y la segunda, a devolverlo. No podía contarle tampoco que su perrito y yo nos habíamos hecho amigos gracias a las chuches que le había dado para que no me delatase.

—Yo sé muchas cosas —gruñí en cambio—. Vamos, no te retrases.

Llegamos al muro que separaba los terrenos de mi familia del bosque.

—Si crees que voy a escalar ese muro estás muy equivocada... —comenzó mi archienemiga.

Estuve a punto de decirle que sí sólo por el espectáculo que supondría verla trepar por una

pared lisa; sin embargo, no me sobraba el tiempo si quería cumplir mi misión dentro del plazo, por lo que tuve que renunciar a la diversión. Continué andando sin hacerle caso y me acerqué a una puerta que había disimulada en la piedra.

—No será necesario —aseguré propinándole un ligero empujón a una de las rocas junto al marco.

Un trozo de muro se separó del resto, retrocedió unos centímetros y se deslizó hacía la derecha, dejando el paso libre.

—Vaya, tu casa está llena de sorpresas —comentó sorprendida.

—No lo sabes tú bien —contesté con sequedad.

Esperé a que Sara saliese y la seguí. Golpeé otra roca al otro lado del muro y la puerta secreta volvió a su posición original como si nunca hubiese existido.

La situación no podía ser mucho peor: estábamos en un bosque que no conocía del todo bien, ya anochecía y Sara era mi única compañía.

Comenzamos a andar en silencio, cuidando dónde poníamos los pies para no quebrar alguna rama que delatara nuestra posición, ya que habíamos visto que había algunos de aquellos seres entre los árboles. De momento, habíamos podido esquivarlos sin que nos notasen, pero no sabía cuánto más podríamos pasar desapercibidas... O cuántos más alzados habría en la zona.

La moqueta de hojas muertas que cubría el suelo del bosque nos facilitó el avance hasta casi llegar a la carretera. Al otro lado comenzaba la urbanización en la que vivía Sara.

De repente, un desagradable olor nos golpeó las fosas nasales. Era agrio, dulzón y penetrante. Una vez, en el edificio donde vivía antes de heredar la Mansión Black, había encontrado un ratoncito muerto en el conducto de ventilación donde solía esconderme para que el casero no me encontrase. Olía igual.

—Espera aquí un momento —susurré—. Túmbate en el suelo y no hagas ningún ruido.

Al poco de tumbarse, vimos que, frente a nosotras, por la carretera que estábamos a punto de cruzar, avanzaba un numeroso grupo de alzados. Caminaban despacio, con las miradas fulgurantes y verdosas perdidas en algún punto de la ciudad que no alcanzábamos a ver desde nuestra posición, ajenos a todo lo que sucedía a su alrededor. Era como una procesión de muertos vivientes... Bueno, era exactamente eso: una procesión de muertos vivientes... Y, si nos veían, Sara y yo acabaríamos siendo como ellos por toda la eternidad.

—¿A dónde vas? —preguntó Sara dibujando las palabras con los labios.

Señalé el árbol junto a ella y le indiqué, por señas, mis intenciones. Se encogió de hombros sin protestar.

Comencé a trepar, quería saber hacia dónde se dirigían todos aquellos alzados.

No me llevó mucho llegar a lo más alto del árbol, un roble de tronco grueso, rugoso y con numerosos nudos que convirtieron la subida en un paseo. Entre las hojas amarillentas, a punto de desprenderse, vi una larga fila de alzados que se dirigían a la ciudad; sin embargo, no pude ver exactamente a dónde, parecía que iban al centro, pero eso me dejaba bastantes opciones. Demasiadas opciones: la catedral, el Museo de Ciencias Naturales, el ayuntamiento, los grandes almacenes... Mi madre podría haberse escondido en cualquiera de esos lugares y no me sobraba el tiempo para averiguar en cuál de ellos estaba.

Y tampoco podíamos ir por donde pensábamos ir. Si atravesábamos aquella carretera, estábamos muertas.

Le pedí al reloj otras rutas disponibles para ir a la urbanización de Sara. Tras unos segundos, recibí el único resultado disponible. Un holograma comenzó a dibujarse frente a mis ojos. Un kilómetro más adelante, siguiendo la carretera, había un antiguo túnel de desagüe por el que podríamos cruzar al otro lado. Si allí también había alguno de esos seres, sencillamente no podríamos cruzar y tendría que discutir con Sara sobre la conveniencia de ir a su casa. Aquella era una batalla perdida y lo sabía. De todos modos, decidí enviarle ese problema a mi yo del futuro, en concreto a mi yo de, aproximadamente, quince minutos más tarde, que era el tiempo que nos llevaría llegar a ese túnel y ver si era posible cruzar la carretera por él.

Con un resoplido, comencé a descender del árbol.

Cuando miré hacia abajo, lo que vi me congeló en el sitio.

Sara continuaba tumbada donde yo le había dicho.

Un alzado se aproximaba a ella desde el lugar por el que habíamos llegado nosotras. Mi archienemiga no lo había visto.

Tenía que hacer algo y tenía que hacerlo YA.

20

Afiancé mis piernas en torno a una de las ramas más gruesas que encontré y me descolgué boca abajo. Saqué una de las pistolas de su funda, con cuidado de no dejarla caer. Apunté al alzado, que estaba ya a apenas dos pasos de mi compañera —porras, empezaba a pensar en ella como una compañera y no como mi archienemiga, eso tendría que planteármelo—, y disparé.

El dardo golpeó al alzado en el cuello e hizo que comenzase a tambalearse en el sitio.

Entonces me di cuenta.

¡Si caía al suelo, el ruido llamaría la atención de los que iban por la carretera!

Lancé una mirada a Sara, que continuaba con la atención centrada frente a ella, sin darse cuenta de lo que estaba sucediendo a su espalda.

Eso me daba una oportunidad.

Solté las piernas de la rama y con una pirueta

me planté tras el alzado sin hacer un solo sonido, ventajas de ser una Black. El hombre comenzaba ya a caer. Lo sujeté y lo dejé en el suelo con suavidad.

Cuando alcé la vista, Sara me miraba con una ceja levantada, preguntándose qué acababa de suceder. Negué con la cabeza y me agaché junto a ella.

—No podemos ir por aquí, la fila de zombis se extiende hasta donde alcanza la vista —murmuré en su oído.

—¿Y entonces? —preguntó.

—Sígueme.

Repté por el suelo del bosque alejándome de la carretera y Sara me imitó. Cuando hubimos puesto suficiente distancia entre los alzados y nosotras, nos pusimos en pie sacudiéndonos la tierra y las hojas que se habían pegado a nuestra ropa y a nuestro pelo.

La noche había caído hacía rato.

—Hay un desagüe un poco más adelante, creo que podremos cruzar por él... Si no hay ninguno de esos seres en su interior, claro.

—Oh, seguro que no habrá, parece que van a algún sitio... Caminan todos en la misma dirección...

—afirmó Sara—. Y si los hay, siempre podremos engañarlos, no son muy rápidos... Ni muy listos.

Lo mismo tenía que plantearme lo de sumarla a mi equipo, porque la chica era menos tonta de lo que yo había creído siempre.

No, qué va, ni en un millón de años pensaba sumarla a mi equipo, pero había que reconocer que sabía mantener la calma y, además, era observadora.

Continuamos caminando entre los árboles con cuidado de que no nos escuchasen los alzados que avanzaban por el asfalto. Los aromas del bosque disimulaban nuestro olor, de modo que, siempre y cuando no hiciésemos ruido, aquellos zombis no podrían notar nuestra presencia. Nos llevó algo más de quince minutos de paseo alcanzar el túnel. Crucé los dedos para que no hubiese ningún obstáculo y, por obstáculo, quería decir alguno de esos alzados de ojos verdes. De lo contrario, preveía que iba a tener que dejar a Sara a su suerte si quería destruir la campana a tiempo... Y no era algo que me apeteciese hacer. No era amiga mía, no obstante, no me quedaba nadie más.

Por suerte, el antiguo desagüe parecía abandonado.

—Espera aquí —le pedí.

—Ni hablar, esto nos está llevando mucho tiempo y yo sólo quiero llegar a mi casa.

Me encogí de hombros, estaba cansada y no quería discutir con ella.

—De acuerdo, pero si hay alguno dentro, yo lo entretendré y tú correrás.

—Eso está hecho —replicó con una sonrisa—. Al final vas a servir para algo, aunque sólo sea como cebo de zombis.

Forcé una sonrisa, si bien en mi interior sentí deseos de gritar para que la cogiesen los alzados que continuaban arrastrando los pies por la carretera, situada a un par de metros sobre nuestras cabezas.

Penetramos en la oscuridad del túnel. En el bosque ya era de noche y en aquel subterráneo no había tampoco nada que iluminase el camino. No veíamos nada.

—No veo nada... Espera —pidió Sara.

Poco después, la linterna de su móvil brilló con fuerza haciendo que las sombras se agazapasen en sus rincones.

—Eso está muy bien si hay alguno de esos aquí —comenté—. Seguro que, si no nos habían visto, ahora sí lo harán.

—Tú misma, pero prefiero ver a lo que me enfrento, si es que me enfrento a algo —contestó mordaz.

Touché.

No le faltaba razón, pero me molestaba que la tuviese, así que cerré la boca.

Poco a poco, fuimos comiéndonos los metros que nos separaban de la salida de aquella tripa de piedra y, antes de darnos cuenta, habíamos llegado al otro lado sin incidentes.

—¿Lo ves? —me restregó por la cara—. Te dije que van a algún sitio, que aquí no habría ninguno.

—Ya, ya lo veo. Sigamos, anda.

—¡Ahí está mi casa! —exclamó con ilusión.

En pocos minutos más, estábamos agachadas y ocultándonos tras una valla frente a la verja de su chalet. Sólo necesitábamos cruzar una última calle, pero algunos alzados rezagados avanzaban por ella con paso arrastrado y lento.

—No hay luz —constató con tristeza en la voz.

No supe qué decir, así que le apoyé una mano en el hombro y le di un apretón con el que pretendía consolarla.

Saqué la pistola que me había dado Benson y disparé a los zombis que había por la calle. Enseguida cayeron desplomados al suelo por el efecto de los tranquilizantes. No sabía cuánto tiempo estarían desmayados, por lo que debíamos apresurarnos. Miré a ambos lados y crucé agachada con Sara pisándome los talones. Cuando llegamos frente al portalón de entrada, Sara sacó una llave del bolsillo, apretó un botón y la puerta comenzó a abrirse. La atravesamos y ella volvió a apretar el mismo botón, dos veces. La primera consiguió que la puerta dejase de abrirse, la segunda hizo que comenzase a cerrarse.

Nos acercamos a la casa, Sara abrió la puerta con su llave y entramos en ella. Todo estaba oscuro.

Escuché un clic y la luz del recibidor se encendió.

Se trataba de un recibidor amplio. A mi derecha, una consola de madera rojiza acogía una bandeja en la que Sara depositó su llavero. A un lado, se abría un arco que daba a una enorme y moderna cocina con superficies de mármol blanco y una amplia isla en el centro. Al otro lado del recibidor, una puerta cristalera doble daba al salón. De frente se encontraba la escalera que llevaba hasta el piso superior, donde se situaban los dormitorios. Detrás de la escalera, una puerta daba al único baño que había en la planta de abajo. La casa de Sara era moderna y estaba decorada con buen gusto. Sentí un poco de envidia al recordar las paredes desconchadas de la mayor parte de las habitaciones de la Mansión Black y las maderas desgastadas de sus muebles.

Sara entró en la cocina llamando a sus padres, pero por lo que pude oír, aquella casa estaba vacía... O eso creía yo, porque al entrar en el salón, de entre los cojines del sofá, se alzó un gruñido.

—¡Ay! ¡Mi perrito querido! —exclamó Sara.

—Espera... No sabes si está bien —intenté retenerla, pero ya me había adelantado por la derecha y corría hacia el gruñido.

Una cabeza se alzó y el gruñido cesó. Sara se arrojó al sofá y comenzó a jugar con el perrito. Yo me acerqué y no pude evitar sonreír; cuando jugaba con su perro, Sara parecía hasta buena persona. El animal sintió mi presencia y se acercó a mí, todavía caminando sobre los blancos cojines del sofá, gruñendo de nuevo.

—No, otra vez, no —murmuré dando un paso atrás.

Saltó al suelo y continuó gruñendo mientras intentaba trepar por mis piernas.

—Quiere que juegues con él —dijo Sara.

—¿Y por qué me gruñe?

—Es su forma de pedírtelo... Es raro, odia a todo el mundo. Tú pareces haberle caído bien a la primera.

«A la primera no —pensé—, nos hemos visto ya varias veces y debe de acordarse de la tonelada de chuches que le di la última vez».

Recorrí la casa para asegurarme de que no había nadie y me dirigí al salón, donde Sara continuaba con su perro.

—No hay nadie, estarás bien aquí —dije preparándome para marcharme.

—Eso quiere decir que mis padres... —Su voz se quebró dejando la frase en el aire. Yo asentí en silencio. No había nada que pudiese decir que mitigase su dolor—. ¿De verdad no quieres que vaya contigo? —preguntó mi archienemiga con timidez.

—De verdad, tengo que saber qué ha pasado y tú sólo me retrasarías. Ya has visto cómo están las cosas ahí fuera.

—Pero ¿cómo vas a hacerlo tú sola? Es muy peligroso.

—No te preocupes, estaré bien.

—¿Y si no lo consigues? ¿Y si no averiguas qué pasa?

—Si no lo consigo será porque me han atrapado esos seres; si no lo hacen, volveré a por ti... Y a por él —completé señalando a la pequeña alimaña que tenía por perro— y nos iremos a la Mansión Black, allí estaremos más seguras.

Sara pareció pensarlo durante unos instantes. A continuación, se levantó del sofá y se acercó. Yo la miraba sin saber muy bien qué pretendía. Cuando estuvo frente a mí, me abrazó.

—De acuerdo, no quiero quedarme aquí sola si no consigues averiguar nada—accedió—. Mucha suerte, Amanda. Y muchas gracias.

¿Por qué últimamente todas mis enemigas hacían cosas que evitaban que me cayesen mal? Primero Irma Dagon me había salvado la vida y ahora Sara me abrazaba. Iba a tener que pedirles que se comportasen como lo que eran: enemigos. Nada de abrazos, nada de palabras amables y, sobre todo, nada de salvarme la vida. Todo aquello me ponía en una situación muy difícil si pretendía continuar odiándolos.

Me desprendí del abrazo sintiendo cómo mis mejillas se sonrojaban y me dirigí a la salida.

No me quedaba mucho tiempo para destruir la campana.

Ahora todo dependía de mí.

21

—¡**E**spera, Amanda! —Sara me miraba desde la puerta de su casa—. Tengo que abrirte la verja.

—No te preocupes por mí, puedo salir sin problema.

—¿Segura?

—Sí, estoy segura. Ahora cierra esa puerta y no salgas para nada. Volveré a por ti si las cosas se ponen feas.

—¿Más feas?

—Bueno, ya me entiendes...

—Ya, sólo intentaba bromear. En serio, buena suerte.

Ahí estaba de nuevo: Sara siendo amable conmigo. No sabía si me gustaba. Casi prefería nuestra anterior relación.

Me aseguré de que cerrase la puerta y me dirigí a la verja a toda velocidad. Elegí un tramo desde el que no pudiese verme si decidía mirar por una ventana.

De un salto me planté al otro lado.

Ahora sólo me faltaba encontrar a mi madre y para ello tendría que hacer algo que no me apetecía nada: seguir a los alzados... Con el riesgo que eso conllevaba, claro.

Y a pie.

Miré el reloj. Eran casi las nueve de la noche, nos había llevado mucho llegar hasta la casa de Sara. Me quedaban unas tres horas para solucionar todo aquello. Para salvar a mis amigos, a mi tía y a la ciudad entera... Y al mundo, ya que nos poníamos, porque esa enfermedad que había afectado a la gente seguiría expandiéndose.

Tres horas.

No sabía si me daría tiempo o si esta vez iba a fracasar de nuevo.

Tampoco tenía mucho tiempo para detenerme a pensar sobre ello.

Eché a correr por la calle en dirección a la carretera, desde allí podría ver a dónde se dirigían los alzados, si bien tendría que tener mucho cuidado, ya que no había muchos lugares en los que podría esconderme si me localizaban.

Llegué a la carretera que partía el bosque en dos como un tajo. En ella apenas quedaban ya alzados; no obstante, no necesitaba muchos, con que hubiese uno que caminase en dirección a la campana sería más que suficiente y rebajaría en muchos puntos el riesgo de que me atrapasen y me convirtiesen en uno más de ellos. Aun con eso, preferí seguir a los pocos que había desde los árboles. Siempre existía el peligro de que uno se me aproximase desde la espalda sin que yo lo escuchase. Avanzamos así, ellos por el asfalto y yo saltando de rama en rama durante varios kilómetros. Ya veía un poco más adelante los edificios que daban la bienvenida a la ciudad... Y, con ellos, el primer problema: cómo seguir adelante sin correr demasiados riesgos.

Una vez se acabasen los árboles, tendría que esconderme donde pudiese y, sin saber a dónde me dirigía, no podía tomar rutas alternativas como los túneles del metro o el alcantarillado; lugares que, a aquellas alturas, ya estarían vacíos. A no ser que mi madre se hubiese ocultado en ellos, claro.

Odiaba ir a ciegas, no saber mi destino, no saber nada. Y pensar que la tía Paula, Esme y Eric podrían estar cerca de la campana me ponía todavía más nerviosa.

Sacudí la cabeza para sacar de ella aquellos pensamientos y, con un resoplido, salté al suelo. Ya había llegado al lindero del bosque y, con él, al último de los árboles.

Ahora debería tener mucho más cuidado.

Nada más entrar en la ciudad, me di cuenta de algo: el olor. El olor a putrefacción era mucho más intenso, escalaba por mis fosas nasales y agredía mi cerebro sin piedad causándome náuseas. Era insoportable. En el bosque, donde no había tantos alzados, apenas lo habíamos notado, pero en las calles había muchos más seres de aquellos. Cientos de ellos. Miles. Algunos salían de edificios, otros avanzaban arrastrando los pies por el centro de la calzada, donde los coches habían sido abandonados por sus conductores sin ningún cuidado. Algunos habían sido capaces de abrir las puertas; otros, la gran mayoría, continuaban atrapados en el interior de los vehículos, con el cinturón de seguridad puesto, gimiendo e intentando abalanzarse sobre mí cuando pasaba junto a ellos.

Los miré con temor y conmiseración; sin embargo, no podía dejar de pensar que allí estaban seguros. Si conseguía destruir la campana, aquellas personas volverían a la normalidad. No como los que habían sido sorprendidos por el tañido en mitad de la calle, o en una tienda... O habían sido convertidos en un parque, como Esme y Eric.

Los automóviles me ayudaban a avanzar sin ser vista, pero iba demasiado despacio. El tiempo se acababa, faltaban algo más de dos horas para la medianoche.

Tenía que apresurarme. Necesitaba averiguar a dónde me dirigía.

Miré los edificios a los lados de la calle en la que me encontraba y elegí el más alto. Comencé a trepar por la fachada esquivando las terrazas y balcones en las que algunos de aquellos zombis intentaban detener mi ascenso. Por fin llegué a la azotea. Me aseguré de que estuviese vacía antes de entrar en ella. Se trataba de una pequeña azotea en la que se acumulaban antenas, aparatos de aire acondicionado, salidas de humos y poco más. Me puse en pie sobre uno de los aparatos de aire acondicionado, el más alto, y miré el horizonte.

Un resplandor enfermizo destacaba sobre la negrura de la noche. Aquel brillo verdoso tenía que

ser el epicentro de todo. El lugar donde se encontraba la Campana de Jade.

Y si no me equivocaba, emanaba del edificio del ayuntamiento.

Ya tenía un destino.

22

Vale, ya sabía a dónde ir.

Ahora tenía que averiguar cómo.

Las calles estaban descartadas. Había demasiados alzados. Y, según me fuese acercando al ayuntamiento, habría más. MUCHOS más.

Ni hablar, sería un suicidio.

Tenía que buscar alternativas.

Pensé en hacerme con uno de los coches que abarrotaban las calles y las plazas, pero sería imposible abrirme paso hasta el centro de la ciudad con todos los automóviles, autobuses y camiones parados o accidentados, formando auténticos tapones infranqueables. Benson había podido llegar al parque porque nuestro todoterreno es... digamos que es «especial», como un tanque en pequeñito —y tampoco TAN pequeñito—, pero los coches detenidos en medio de la calzada eran utilitarios normales... No, no podía contar con ellos.

Entonces tuve una idea: ya sabía a dónde iba. Podría ir por los túneles del metro o por el alcantarillado. Lo pensé durante unos instantes y descarté el metro, mi intuición me decía que el metro podría ser problemático... Mi intuición y los coches con cientos de alzados atrapados en su interior, claro. Imaginé que los vagones del metro estarían más o menos igual que los automóviles. Prefería no arriesgarme a que alguno pulsase la apertura de puertas por casualidad y me pusiesen en un aprieto.

Tendrían que ser las alcantarillas.

Pulsé algunas teclas en mi reloj buscando posibles rutas. En pocos segundos, obtuve los resultados.

Eliminé las que suponían ir por la superficie.

No me quedó ninguna.

Resoplé con fastidio.

Tenía clarísimo el itinerario, las alcantarillas eran la ruta más segura, pero necesitaba que aquel dichoso reloj me indicase por dónde ir, de lo contrario, me perdería y no llegaría a tiempo.

Volví a pulsar la combinación de botones que me indicaría el itinerario a seguir, sin embargo, afiné los parámetros: sólo los que fuesen bajo tierra.

Dos resultados.

Mis resultados.

El metro y las alcantarillas.

Desplegué el holograma con la ruta por el alcantarillado frente a mis ojos y lo estudié durante unos segundos.

Me iba a llevar más tiempo del que me hubiese gustado. Llegaría al ayuntamiento apenas quince minutos antes de la medianoche, pero llegaría.

Descendí de la azotea de aquel edificio a toda velocidad y me dirigí a la alcantarilla más cercana ocultándome entre las sombras de la ciudad. Algunos alzados notaron mi presencia y comenzaron a perseguirme para convertirme. No quería que me viesen entrar en las alcantarillas, así que corrí alrededor de la misma manzana hasta que los despisté. Cuando les saqué la suficiente ventaja, corrí a la tapa más cercana.

Tenía un problema: no había forma de sacarla de su sitio sin una palanca.

Miré a mi alrededor.

Por supuesto, nada que me pudiese servir como palanca.

A mi espalda comencé a escuchar los gemidos de los alzados que, por fin, me habían dado alcance.

No eran rápidos, pero sí persistentes... Y cada vez se les unían más. Tenía que salir de allí a toda velocidad.

Volví a mirar a mi alrededor.

El metro.

No quedaba más remedio que huir por el metro. Desde allí, podría acceder al alcantarillado, pero no me hacía ninguna gracia tener que entrar en aquella boca oscura y hambrienta.

Bajé los escalones a toda velocidad y esperé pegada contra la pared. Los alzados pasaron de largo.

Me di media vuelta y me enfrenté a la penumbra pestilente de aquella estación iluminada tan sólo por las luces de emergencia. La nariz se me llenó, de nuevo, con aquel hedor putrefacto. Si la fetidez me había parecido intensa al entrar en la ciudad, ahora lo impregnaba todo, casi me impedía utilizar el resto de mis sentidos. Me subí el cuello del mono hasta que me tapó la nariz, me encaramé al techo de la estación y comencé a descender a aquel infierno.

En los tornos de entrada, se hacinaban cientos de aquellos seres, incapaces de salir de allí. Sus ojos desprendían aquel fulgor verdoso, tiñendo todo el entorno con esa luz macilenta. Sus quejidos, ávidos, doloridos y espeluznantes, llenaban el espacio y golpeaban mis oídos. Hasta donde era capaz de ver, los túneles estaban inundados de alzados. No tenía tranquilizantes en las armas que me había dado Benson ni para la mitad de ellos, por lo que ni lo intenté. Avancé con los dedos, ayudándome de las rugosidades del techo. Por supuesto, notaron mi presencia. A mi paso, lanzaban los brazos hacia mí, intentando engancharme, hacerme caer, convertirme en lo que ellos eran. Continué avanzando sin mirar hacia el suelo, a unos tres metros de mí.

Por fin llegué al andén, también abarrotado de alzados. Por allí desde luego que no podría bajar.

Un convoy del metro estaba parado en el apeadero con las puertas abiertas. El tañido tenía que haber sonado justo en el momento en el que los viajeros descendían de los vagones. Había tenido lugar a la hora en la que la gente regresaba a casa desde sus trabajos y el transporte público viajaba abarrotado de personas.

Salté sobre la parte superior de uno de los vagones. Aquella era la primera vez que saltaba a un tren que no estaba en marcha. Aquel pensamiento me hizo sonreír.

Me dirigí a la cabecera del convoy y observé las vías. Parecían limpias.

Descansé unos segundos sobre el vagón mientras buscaba en mi reloj por dónde continuar. Un poco más adelante, había una puerta por la que podría descender al sistema de alcantarillado. Volví a mirar las vías. El vagón taponaba el acceso. Había impedido que los alzados accediesen a ellas, además, eran unos pocos metros los que tendría que caminar por aquellos travesaños.

De un brinco, me planté delante de la cabina del conductor. Enseguida comencé a escuchar un golpeteo a mi espalda. Miré por encima del hombro y no pude evitar un estremecimiento: un hombre golpeaba el parabrisas con movimientos rítmicos, sus ojos brillantes y verdes fijos en mí.

Le di la espalda y comencé a caminar en dirección a la entrada de las alcantarillas.

Cada vez quedaba menos tiempo.

Di con la puerta y la abrí de un tirón.

Tras ella, una escalerilla descendía a la oscuridad más absoluta. Bajé peldaño a peldaño, con cuidado, temerosa de perder pie o de que se me resbalasen las manos con la humedad de la escalerilla. Por fin, sentí el suelo, sólido, mojado y resbaladizo,

bajo mi bota. El agua me llegaba al tobillo y agradecí que la tela del mono fuese impermeable, al igual que las botas.

El olor era terrible, pero si lo comparaba con el de los alzados, no era tan malo. Una vez acabase todo aquello, esperaba que bien, iba a tardar meses en sacarme aquel tufo de la memoria. Olisqueé la manga del mono que llevaba puesto.

—¡Buagh! —exclamé con repugnancia—. Hasta esto huele como esos seres.

Mi voz retumbó en los recovecos de aquellas paredes de ladrillo y rebotó en las suaves ondulaciones del agua. La iluminación era difusa y leve, como la luz titilante de una vela, pero suficiente para permitirme ver algo a mi alrededor, tal vez no lo suficiente. Tal vez así estaba bien. Tal vez no quería ver lo que había allí abajo conmigo.

Si es que había algo.

Alejé de mi cabeza esos pensamientos y comencé a andar en dirección al ayuntamiento, donde, para bien o para mal, todo acabaría.

23

Según caminaba por aquellos subterráneos malolientes, me iba agobiando más el hecho de pensar que Benson no hubiese conseguido dar con mis amigos. La parte irracional de mi cerebro insistía en que, si él no hacía su parte, todo aquello habría sido en vano; la parte racional era un poco más generosa conmigo y argumentaba que, si conseguía salvar a cientos o millones de personas, aunque no consiguiese cambiar el destino de mis amigos infectados, no habría sido un esfuerzo perdido.

Y luego estaba lo de mi madre. Tenía la total seguridad de que iba a encontrarme con ella, pero no tenía muy claro qué iba a decirle, porque algo tendría que decirle. O, lo mismo, ella prefería que luchásemos. La vez anterior no me había parecido una persona a la que le gustase mucho hablar, seguramente pelearíamos y que ganase la mejor...

Y yo tenía muy claro que la mejor era ella, al fin y al cabo, ya me había vencido una vez.

Me hubiese gustado que el reencuentro con mi madre hubiese sido diferente, tal vez en una cafetería o en casa, algo que implicase besos y abrazos... Incluso algunas lágrimas de felicidad por poder recuperar juntas el tiempo perdido. Esos trece años separadas.

Desde que supe que estaba viva, deseaba volver a verla. Deseaba poder hablar con ella, poder tener una relación normal con ella, con amor, confidencias y esas cosas; no obstante, no podía engañarme, mi madre había querido matarme para traer de vuelta a mi padre, no podía confiar en que se alegrase mucho de verme tras eso... Y tras lo sucedido en Katmandú, cuando peleamos en aquella fuente frente al templo que escondía en su interior la Campana de Jade, porque estaba segura de que había peleado contra ella y no contra Irma. Sin embargo, no podía dejar de pensar que era mi madre... Y que no siempre había sido como era ahora. Tal vez hubiese salvación para ella.

O tal vez no.

No lo sabía, pero en breve iba a poder averiguarlo.

Llegué a la escalerilla que me llevaría al interior del ayuntamiento. Una trampilla sobre mi cabeza era lo único que me separaba de mi destino.

Trepé por los peldaños incrustados en el muro y empujé la trampilla.

Cerrada.

Bravo.

Resoplé con fastidio en la casi total oscuridad de aquellos pasadizos.

¿Había algo más que pudiese salir mal?

Avancé unos metros por el túnel hasta una tapa de alcantarilla, la miré con desconfianza, pero aun así subí y la empujé. Se alzó casi sin que yo notase el peso. Asomé la cabeza lo justo para ver qué había en el exterior.

Estaba en un pequeño parque, en la parte trasera del edificio del ayuntamiento, los alzados caminaban alrededor, pero en el parque no había ninguno, todos parecían más preocupados por llegar a la escalinata de la fachada contraria, más que nada porque era la que los llevaría a la campana. No podían verme ya que un muro de setos, recortados con diferentes formas geométricas, me tapaban.

Alcé la vista, todavía protegida por aquellos arbustos, intentando hacerme una idea de a dónde tenía que ir.

De la torre del reloj emanaban aquellos rayos verdosos rasgando la noche, haciéndola jirones. Ahora estaba segura de que la Campana de Jade se encontraba allí, llamando a los alzados, convocándolos ante su presencia, lista para arrancarles la vida a todos aquellos que se acercasen lo suficiente.

Miré el reloj.

Apenas trece minutos para la medianoche.

Salí de la alcantarilla y trepé por la fachada. Algunos alzados me vieron y se acercaron, aplastando los setos por el camino, hasta el pie del edificio. Levantaban sus manos intentando cogerme a pesar de que yo ya me encontraba bastante por encima de ellos.

En ese momento sonó mi teléfono.

No podía ser más inoportuno.

Me afiancé con una mano a una columna adosada y rebusqué en mi bolsillo, siempre olvidaba ponerme los dichosos auriculares... Pero tenía que contestar fuese quien fuese, debía de ser importante... Además, tenía bastante claro que sólo podían ser dos personas: o Sara o Benson.

En cualquiera de los dos casos debía contestar, no me llamarían por una tontería. Bueno, Benson no lo haría, Sara... Sobre Sara no estaba tan segura.

—Aquí Amanda.

—Señorita Amanda —dijo la voz de Benson—. Tengo a sus amigos.

—¿Y a mi tía? —pregunté.

—Por supuesto. Y a lord Thomsing. Están todos en la mansión.

—¿Cómo se encuentran?

—La necesitan. No les falle. —El mayordomo cortó la comunicación.

Me sentí más ligera, como si la preocupación que había sentido hasta ese momento por mis seres queridos hubiese sido un peso físico, real y tangible que alguien me hubiese puesto sobre los hombros.

Continué trepando, esta vez a mayor velocidad. Me sentía preparada para enfrentarme a cualquier cosa, incluso a mi madre. Si era lo que tenía que hacer para mantener a mi familia a salvo, lo haría. Eran mi tía, Eric, Esme y lord Thomsing los que se preocupaban por mí, los que me querían y cuidaban, los que me hacían reír y me acompañaban cuando yo no me encontraba bien. Tendría que haberlo hecho mi madre, pero ella había elegido otra cosa... Y, ahora lo entendía: yo ya había elegido a las personas que formaban mi familia.

Y no pensaba perderlos por culpa de mi madre.

Alcancé el reloj y me sujeté en las manecillas, grandes como las ramas de un árbol centenario. Desde el suelo, el reloj de la torre no se veía tan enorme, pero cuando estabas colgando de la esfera te dabas cuenta de que era, aproximadamente, del tamaño de dos camiones. Uno puesto encima del otro.

Me impulsé desde las manecillas y salté hasta un pequeño balcón con balaustrada de madera que había en un lateral. Desde allí, pude acceder al interior.

El mecanismo del reloj, situado tras la esfera de la fachada, avanzaba comiéndose los segundos que nos separaban de la medianoche. Enormes tuercas, engranajes y resortes acompañaban el balanceo de un péndulo que oscilaba en el vacío, perdiéndose en las profundidades del interior de la torre. Tras la maquinaria, una plataforma de tablones de madera sostenía sobre ella un pequeño pedestal con la Campana de Jade en él.

Me maravilló que un objeto tan pequeño pudiese causar un mal tan grande y devastador para la humanidad.

Me aproximé en silencio. Numerosos cuerpos yacían alrededor de aquel objeto maldito que cabía en la palma de una mano y cuyo poder era inmenso, corrupto y terrible. Ya era muy tarde para aquellas personas. Eran cadáveres, se habían perdido para siempre. Mi madre observaba la escena con ojos desencajados, un cuerpo envuelto en lino blanco yacía a sus pies. Sobre él iban vertiéndose haces de luz de un verde que se hacía mucho más intenso con cada una de las vidas que absorbía la campana.

Mi madre alzó la vista y me vio. En su rostro se dibujó una máscara de odio que me congeló el corazón. La Gran Biblioteca tenía razón: estaba más allá de toda ayuda.

Esa mirada rompió algo dentro de mí, arrasó con un sentimiento que, si bien yo había enterrado bastante hondo, continuaba estando ahí. Esa mirada quebró el último pedazo de la esperanza que todavía tenía en poder salvarla, la esperanza de poder vivir un futuro en el que ella también estuviese.

Siseó algo que no pude escuchar debido al estruendo del mecanismo del reloj y los gemidos interminables de los alzados, que ahora me ignoraban. Toda su voluntad se centraba en llegar al artefacto que los mataría.

Mi madre se abalanzó al balcón que había tras ella y, antes de que pudiese impedírselo, desapareció.

—¡Mamá! —grité corriendo al balcón—. ¡Mamá! ¡Detente!

Se había esfumado y yo no tenía tiempo de perseguirla. Tampoco tenía ganas, ya que nos poníamos. No se había llevado la campana, que seguía sobre su pedestal en aquel suelo hecho de tablones de madera.

Me di la vuelta y me enfrenté al cuerpo envuelto en lino: mi padre.

Si dejaba que todo aquello siguiese su curso, podría tener de vuelta a mi padre.

Deseaba tanto poder verlo, hablar con él, abrazarlo... Lo echaba tanto de menos...

Me arrodillé junto a él y posé una mano sobre la fina tela que lo cubría.

—¿Qué hago, papá?

Sentí que los ojos me escocían, las lágrimas luchando por escaparse de ellos. Me los froté con la manga limpiando todo rastro de llanto.

Sacudí la cabeza intentando aclarar mis ideas.

Estaba claro que tenía que destruir aquella campana. Había matado ya a demasiada gente.

Sin embargo... ahí estaba mi padre. Si lo revivía, podría recuperarlo y con él también recuperaría a mi madre. Estaba segura de que, con mi padre a su lado, mi madre volvería a ser eso, una madre para mí. Una Black. Con él, ella podría recuperar lo que había perdido hacía ya trece años y podríamos formar una familia normal. ¡La Gran Biblioteca se equivocaba! Claro que podía ayudar a mi madre. Sólo tenía que esperar a la medianoche sin hacer nada.

Permitiría que la campana hiciese su trabajo y los tres podríamos ser felices.

¡NO!

¿Qué me estaba ocurriendo?

Miré a mi alrededor, confusa.

Más y más alzados se aproximaban a la Campana de Jade. Bien, pronto podría abrazar a mi padre. Pronto podríamos volver a formar una familia... Lo que siempre habíamos sido.

—¿Tú eres idiota o qué? —exclamé dándome un par de bofetadas en las mejillas—. ¡Ay!

A lo mejor me había golpeado con más fuerza de la que me habría gustado, pero el dolor sirvió para hacerme reaccionar.

¡La Campana de Jade se estaba defendiendo! Intentaba engañarme, tomar el control de mis pensamientos. ¡Salirse con la suya!

¡No se lo permitiría!

No debía mirarla, no podía dejar que ganase. Acabaría con todo y con todos del mismo modo que había acabado con mi madre. Ahora entendía por qué ella no había podido parar. Por qué había seguido adelante con aquella locura. Su mente, debilitada por la tristeza de perder a mi padre, no había sido contrincante para la campana, que había podido someterla y utilizarla para sus propios fines.

Aquel objeto tenía voluntad propia y yo sentía que empujaba intentando subyugarme también a mí.

¡Necesitaba hacer algo! ¡Cuanto antes!

En ese momento, en el reloj del ayuntamiento sonó la primera campanada de la medianoche.

24

Sentía que mi voluntad iba haciéndose pequeña ante los embates de la campana.

Escuché la segunda campanada.

Sacudí la cabeza intentando recobrar el control sobre mí misma.

¡Costaba mucho!

La tercera campanada retumbó a mi alrededor.

De nuevo miré el cuerpo de mi padre y deseé que estuviese vivo. Si no hacía nada, podría conseguirlo.

La imagen de la Gran Biblioteca apareció frente a mí, sus labios formaban una frase: «La campana intentará engañarte. No se lo permitas».

Tronó la cuarta campanada junto a mis oídos.

La imagen de la tía Paula apareció ante mis ojos, decía: «No dejes que te venza».

La quinta campanada restalló en la noche.

Eric me pasaba un brazo por los hombros y reía conmigo.

Resonó la sexta campanada.

Esme sonreía y me decía que el disfraz de mono volador no me quedaba mal.

El ting tong de la séptima campanada estalló en mis oídos.

Sara me abrazaba.

Ah, no, eso sí que no. Sara no. Por ahí no pensaba pasar.

Haciendo lo que me pareció un esfuerzo sobrehumano, me puse en pie a la vez que sonaba la octava campanada.

Intenté dar un paso, pero mis pies pesaban como si tuviese bloques de piedra atados a ellos.

La novena campanada sonó como la voz de mi padre diciéndome que tuviese paciencia, que esperase, que ya faltaba poco.

El dolor. El dolor me había servido la primera vez.

Apreté los dientes en torno a mi brazo con la décima campanada. No pude oírla porque estaba demasiado ocupada gritando y oprimiendo con la palma de la mano el sitio en el que me había mordido. Dolía mucho, pero había conseguido mi objetivo. Sentí como el poder de aquel objeto maldito se desvanecía en mí.

Era libre.

Por fin, sujeté la campana con ambas manos y la alcé por encima de mi cabeza. La decimoprimera campanada llenó la noche. Arrojé aquel pedazo de jade contra el mecanismo del reloj con todas mis fuerzas. El crujido de los cientos de pedazos ahogó el sonido de la decimosegunda campanada. Se desintegró, convertida en polvo. Una lluvia verdosa cayó en las profundidades. La luz cesó. Los alzados que ascendían por la escalera se desplomaron en el suelo, como muertos. Bueno, tal vez estuviesen muertos. De nuevo. Esta vez de manera definitiva. Me acerqué a uno de los cuerpos y le tomé el pulso. Era una niña de no más de diez años, menuda, de pelo castaño y largas pestañas que se extendían sobre la parte superior de sus mejillas como abanicos oscuros. La palidez de su piel me hizo pensar lo peor: que no lo había logrado. Que había llegado, de nuevo, demasiado tarde.

Tras unos instantes, me pareció que algo me golpeaba débilmente el dedo que apoyé en su cuello.

Un latido.

Débil, pero un latido.

Poco después, las personas cuyas vidas no habían llegado a ser absorbidas por la campana comenzaron a respirar con regularidad.

En breve comenzarían a despertar.

Había llegado el momento de largarme de allí.

—¿Cuántas víctimas? —le pregunté a la tía Paula, que tomaba un café dando pequeños sorbitos sentada a la mesa de la cocina viendo las noticias.

—Demasiadas. Se habla de miles, todavía no saben cuántas con exactitud —contestó ella posando la taza sobre la superficie de madera y dándose la vuelta para mirarme—. No ha sido culpa tuya, deja de torturarte. De no ser por ti, a estas horas estaríamos todos muertos.

—Pero de no ser por mi culpa, mi madre no se habría hecho con la campana.

—Y si yo tuviese ruedas, sería una bicicleta —replicó la tía Paula en tono seco. A continuación, se levantó y se acercó a mí. Un gesto de preocupación se dibujó en su rostro—. Mira, cariño, tienes que meterte en la cabeza que fue tu madre la que causó esto. Todas esas vidas que se han perdido pesan sobre la espalda de Cassandra, no sobre la tuya.

En el fondo, sabía que la tía Paula tenía razón, pero hay algo placentero en el acto de culparse a uno mismo por los problemas del mundo. No sabría explicar por qué, pero es así. No obstante, mi tía no me iba a permitir hacerlo. Y yo le estaba agradecida por ello.

Una vez destruida la Campana de Jade, regresé a casa evitando ser vista por nadie. Cuando llegué, Benson cuidaba de mi tía, de Esme, de Eric y de lord Thomsing, quienes todavía no habían recobrado el sentido. Yo esperé junto a ellos hasta que volvieron en sí. Quería comprobar si su paso por el mundo de los muertos les había dejado secuelas.

No fue así.

Ni siquiera sabían qué había sucedido. Lo último que recordaban Eric y Esme era estar en el parque esperando a Benson; lo último que recordaban la tía Paula y lord Thomsing era estar comiendo en un bonito restaurante del centro, después de eso, nada. Su memoria se convertía en una página en blanco.

Los habitantes de la ciudad, tras despertar en los lugares más peculiares, fueron regresando poco a poco a sus casas, aturdidos, sin entender bien qué les había pasado... Y el Gobierno tampoco tenía muchas respuestas. Tal y como había aparecido el problema, había desaparecido.

Nadie sabía qué era lo que había afectado a los ciudadanos ni por qué algunos habían pasado por ello sin mayores consecuencias, mientras que otros, muchos a mi parecer, habían fallecido. Algunos científicos hablaban de un virus desconocido hasta el momento, otros hablaban de una conspiración, otros de una invasión extraterrestre... Había muchas teorías y ninguna se acercaba siquiera a lo que había sucedido en realidad. Eso nos lo tendríamos que llevar a tumba.

La Gran Biblioteca y los yetis llamaron a la Mansión Black con el equipo de radioaficionado. Estaban muy aliviados por el desenlace, si bien sintieron mucho las vidas perdidas. Prometimos ir a verlos en cuanto la situación estuviese más tranquila. A todos nos apetecía mucho pasar unos días en la montaña, apartados del mundo, recuperándonos de todo lo vivido y disfrutando de la compañía de los yetis.

La Gran Biblioteca pidió hablar a solas conmigo.

—¿Cómo estás, joven elegida? —preguntó.

—Bueno, bien... Ya sabes.

—Sí, lo sé. Lo has hecho bien —afirmó el anciano monje.

—Ha muerto mucha gente —repliqué.

—Tú no eres responsable. Ya te lo han dicho.

—¿Cómo sabes que me han dicho eso?

—Soy la Gran Biblioteca. Sé muchas cosas —hizo una pausa—. Si te torturas pensando que todo esto es culpa tuya, acabarás como ella. No lo permitas.

Suspiré. Lo último que quería era terminar siendo como mi madre.

—¿Qué ocurrió? ¿Por qué se volvió así? —Mi voz salió como un susurro.

—Tu familia tiene que manejar numerosos objetos, la mayor parte de ellos muy poderosos. El poder puede acabar con las mejores personas. En tu mano está que no te suceda eso.

—¿Tú puedes ayudarme?

—No necesitas ayuda. Lo que necesitas está en ti, sólo tienes que entrenarlo. Recuerda que eres la elegida.

Si todo el mundo continuaba diciéndome que no era culpa mía, terminaría creyéndomelo.

Y estaba bien así.

Eric y yo pasamos los siguientes días pirateando las imágenes de las cámaras de seguridad y de tráfico de la ciudad, por si a alguien se le ocurría revisarlas. Tuve que repasar todo el recorrido, desde que Sara y yo salimos de casa, hasta que hui del ayuntamiento tras estampar la campana contra la maquinaria del reloj. Nos llevó varios días, pero no podíamos dejarlo al azar.

Benson —no sé ni cómo ni cuándo, porque no se separó de mi lado hasta que mis amigos, lord Thomsing y mi tía hubieron recobrado el sentido— recuperó el cadáver de mi padre de la torre del reloj del ayuntamiento y sus restos ahora reposaban en el cementerio de la ciudad, en el Panteón Black. La tía Paula había encargado una estatua en forma de libro abierto del que salían dragones y espadas. A mi padre le gustaban mucho los libros de fantasía y mi tía había dicho que debía descansar con su familia, como un Black más. Vale que él era Black por matrimonio, que no tenía poderes ni robaba objetos, pero así había sido a lo largo de la historia de la familia: todos los que entraban en ella eran tratados de la misma manera y reposaban en el mausoleo, junto a sus parejas. Celebramos una pequeña ceremonia a la que sólo asistimos mi tía,

Benson, Eric y yo. Junto al sarcófago de mi padre, la tía Paula había dejado un espacio libre para que, cuando mi madre falleciese, pudiesen volver a estar juntos.

Con aquella ceremonia, sentí que cerraba un capítulo de mi vida.

Con aquella ceremonia sentí que me despedía de mis padres. A pesar de que mi madre no estuviese muerta, debía olvidarme de ella, al menos de momento.

En esos días, también comprobé que Irma Dagon estuviese bien. Hablamos por videoconferencia. El tañido la había pillado en su despacho y no había sido capaz de salir de él. Se derrumbó sentada a su mesa y despertó frente a la puerta con un montón de horas perdidas. También intuyó lo que había sucedido y me dio las gracias por haberlo solucionado. No preguntó por mi madre, no quería saber qué había sido de ella, aun así, se lo dije.

—Mi madre ha huido.

—No me sorprende —dijo tras una breve pausa—. Hazte a la idea de que en algún momento vamos a tener que trabajar juntas para detenerla.

—Lo sé. Pero eso no quiere decir que confíe en ti.

—Lo sé —contestó a su vez Irma con una media sonrisa—. Cuídate.

—Tú también.

Corté la videollamada.

Quedaba una última conversación que mantener. Tal vez la peor de todas.

Tenía que hablar con Sara. Sus padres habían regresado a casa y se encontraban bien. Ella se había recuperado con rapidez de las horas de terror y tensión que habíamos experimentado tras el tañido, pero había olfateado algo y no lo iba a dejar pasar.

—Vale, Amanda, ya te he puesto al día, todos estamos estupendamente —dijo—, pero dime, ¿qué hiciste? ¿Qué pasó? En las noticias nadie habla de ti y yo sé que esto lo has arreglado tú, a mí no me engañas.

Iba a tener que sacar la artillería porque, como ya me había dado cuenta durante nuestra excursión hasta su casa, Sara había resultado ser bastante más espabilada de lo que me habría gustado.

—Oh, poco después de dejarte en casa, los zombis esos me atraparon —mentí—. Me desperté horas después y regresé a la Mansión Black.

—Ya —resopló. Pude ver sus ojos poniéndose en

blanco a pesar de estar hablando por teléfono. No se lo había tragado—. Ahora en serio, ¿qué pasó?

—Es verdad, me cogieron, me convirtieron, y desperté en medio del bosque...

—No me lo vas a decir en mil años que pasen, ¿no?

—No sé qué quieres que te diga —repliqué con toda la inocencia de la que fui capaz—. Te estoy diciendo la verdad.

—Vale, no me lo cuentes, pero pienso averiguarlo... Ah, y muchas gracias por acompañarme hasta casa. Sin ti no lo habría conseguido. Estaba cagada de miedo.

—De nada, no iba a dejarte sola.

—Oye, esto no significa que seamos amigas ni nada de eso —dijo—, pero intentaré no ser tan dura contigo en el instituto.

A Eric se le iluminaron los ojos cuando se lo conté, no terminaba de creérselo. Incluso apostó una merienda a que Sara no iba a ser capaz de contenerse. Yo tampoco creía que fuese capaz, pero le di un voto de confianza a mi archienemiga.

Tras destruir la campana, pasaba mucho tiempo con Eric y con Esme, las horas en las que creí que les había perdido para siempre fueron las peores de mi vida. Ahora me costaba separarme de ellos... Y aun con eso, me obligaba a darles espacio para que estuviesen juntos.

También intentaba pasar mucho tiempo con la tía Paula, durante varios días entrené con ella casi sin quejarme. Casi. No duró mucho, los entrenamientos eran cada vez más duros; sin embargo, me estaba enseñando a leer jeroglíficos y eso me encantaba.

Poco a poco, mi tía recuperaba la confianza en mi fortaleza, ya no me veía tan triste. Veía a una adolescente que iba haciéndose dueña de su destino y aceptaba los hechos tal y como eran. Mi madre había elegido un camino y yo estaba eligiendo el contrario. Aceptaba su elección porque no me quedaba más remedio, pero no la respetaba. Sabía que, en algún momento futuro, tendría que enfrentarme a ella, a mi madre. Sólo esperaba salir vencedora, lo contrario pondría al mundo en peligro.

Con el paso de los días y las semanas, el sentimiento de culpa y de fracaso por las vidas perdidas fue mitigándose hasta convertirse en una punzada de tristeza que me pellizcaba en el fondo del corazón de vez en cuando, nada con lo que no pudiese vivir. Tenía a mis amigos y a mi familia y eso era

suficiente. Estaba claro que yo no era perfecta, pero con ellos a mi lado sería más sencillo aprender a convivir con mis errores. Al fin y al cabo era una Black, y la responsabilidad que eso conllevaba era muy importante. En ocasiones, demasiado.

Tenía derecho a fallar y tenía que aprender a perdonarme a mí misma cuando lo hiciese si quería llegar a ser la mejor Black que pudiese llegar a ser.

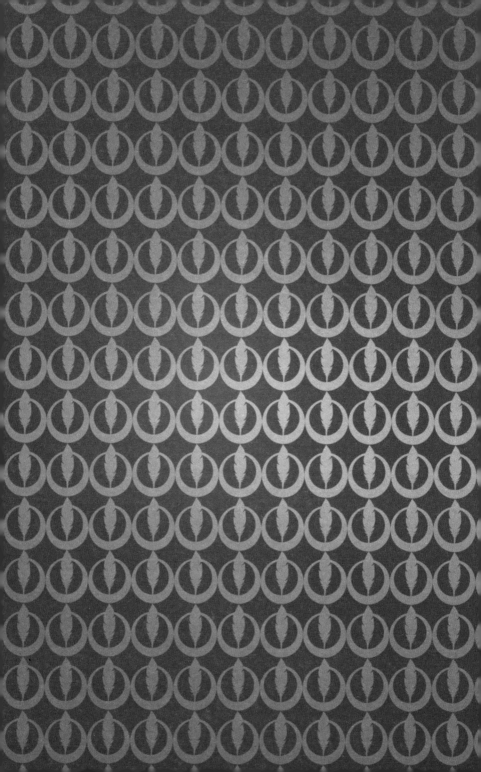